ネコザメが泳ぐ研削液の海へ。
背番号二番。センタープレーヤー。
ここに感謝の三段跳びを捧げる——。

# 延長線上のまだ見ぬ君へ

井上恵一

この作品はフィクションです。
実在する人物、団体等とは一切関係がありません。

この本を手に取って下さった全ての方に――。本書が夢を追う力にならんことを。

# 目次



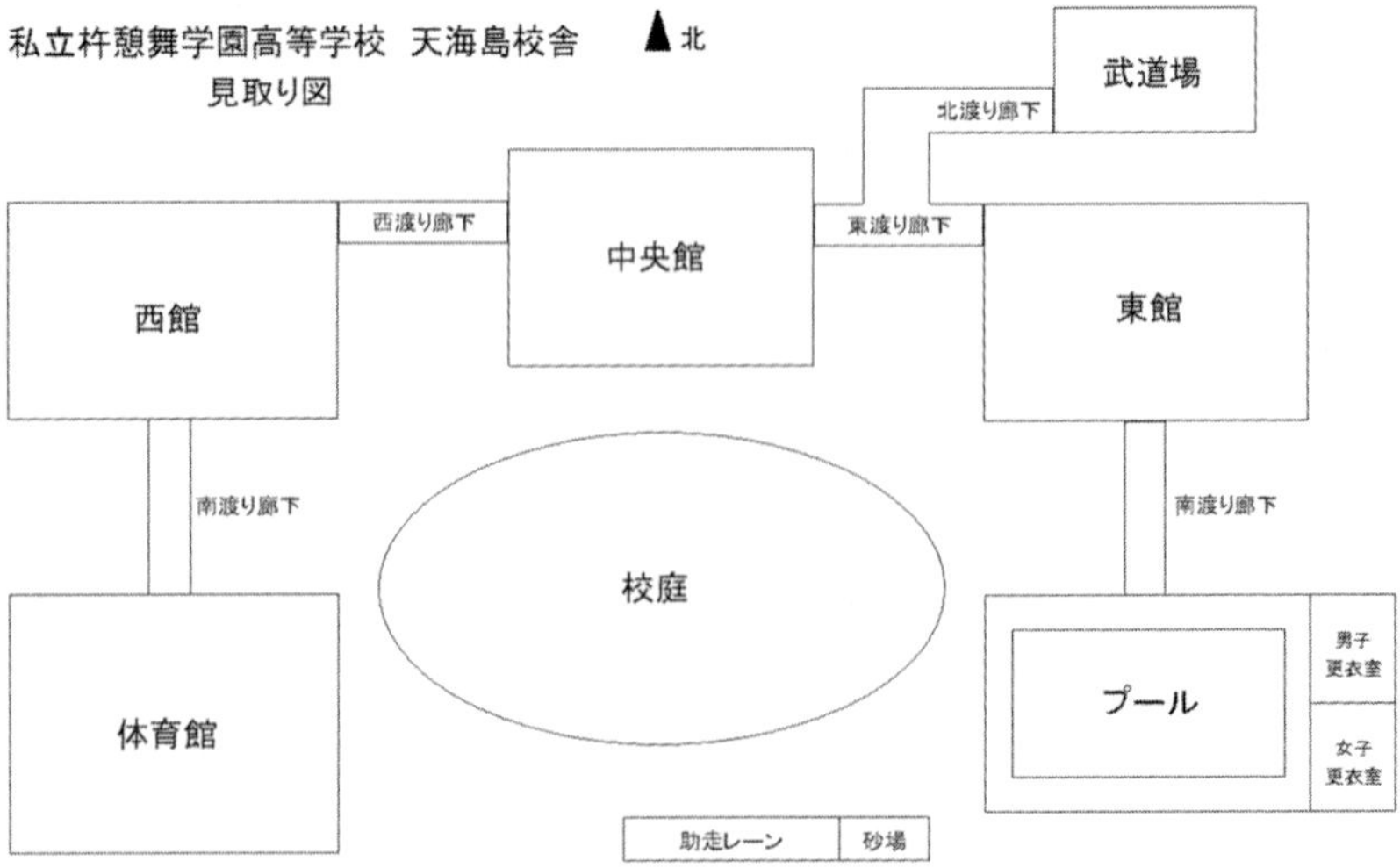

私立杵憩舞学園高等学校　天海島校舎
見取り図
北
武道場
北渡り廊下
西渡り廊下
中央館
東渡り廊下
西館
東館
南渡り廊下
校庭
南渡り廊下
男子
更衣室
プール
女子
更衣室
体育館
助走レーン
砂場

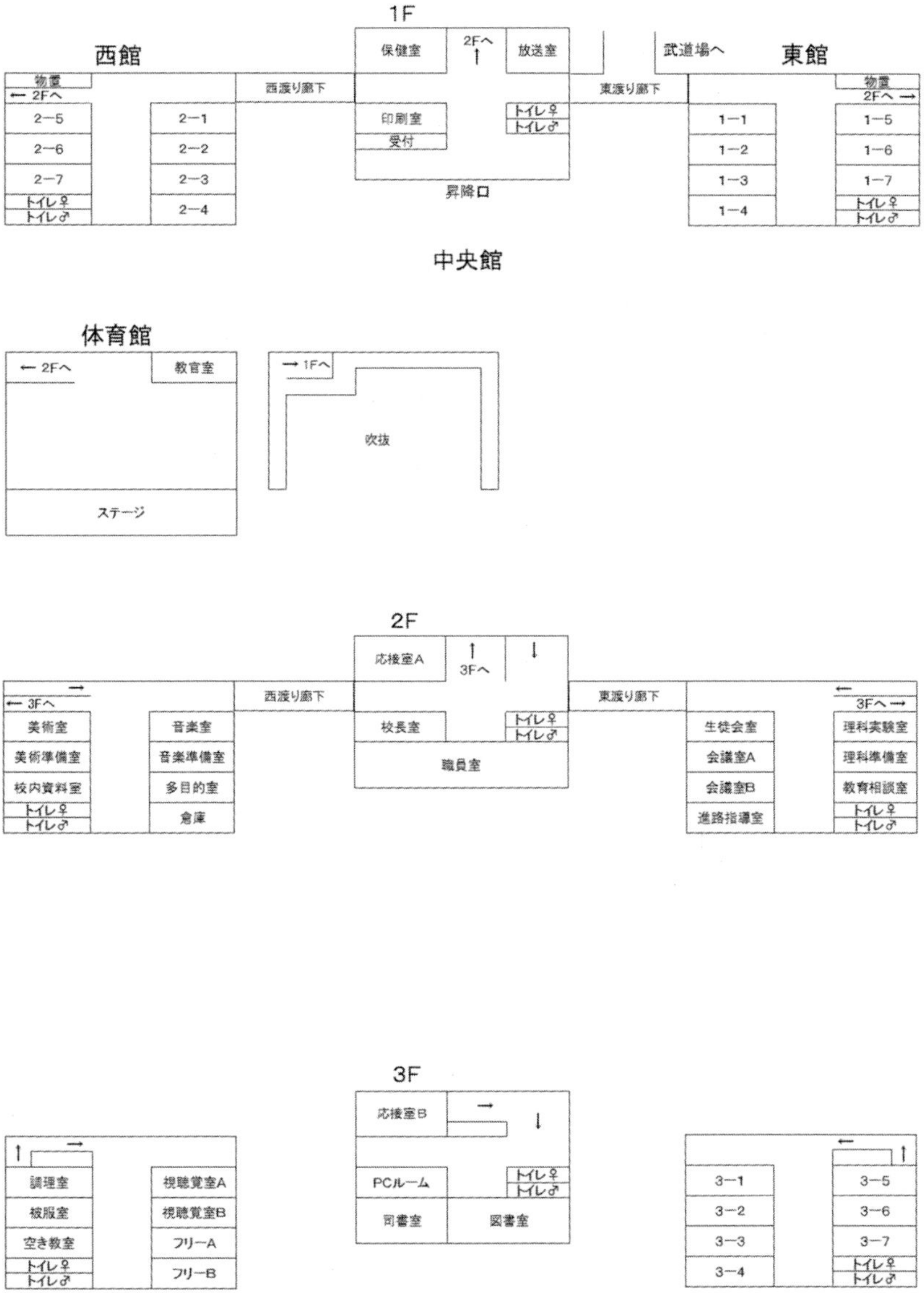
1F
西館
物置
← 2Fへ
2−5
2−6
2−7
トイレ♀
トイレ♂
2−1
2−2
2−3
2−4
西渡り廊下
保健室
2Fへ
放送室
印刷室
受付
トイレ♀
トイレ♂
昇降口
中央館
東渡り廊下
武道場へ
東館
物置
2Fへ →
1−1
1−2
1−3
1−4
1−5
1−6
1−7
トイレ♀
トイレ♂
体育館
← 2Fへ
教官室
ステージ
→ 1Fへ
吹抜
2F
応接室A
3Fへ
← 3Fへ
美術室
美術準備室
校内資料室
トイレ♀
トイレ♂
音楽室
音楽準備室
多目的室
倉庫
西渡り廊下
校長室
トイレ♀
トイレ♂
職員室
東渡り廊下
3Fへ →
生徒会室
会議室A
会議室B
進路指導室
理科実験室
理科準備室
教育相談室
トイレ♀
トイレ♂
3F
応接室B
調理室
被服室
空き教室
トイレ♀
トイレ♂
視聴覚室A
視聴覚室B
フリーA
フリーB
PCルーム
トイレ♀
トイレ♂
司書室
図書室
3−1
3−2
3−3
3−4
3−5
3−6
3−7
トイレ♀
トイレ♂

# 登場人物

陸上部

伊野神けい……二年。幅・三段跳び。部長。足の長さが規格外。

深川猛……二年。短距離。前髪ひらひら。あだ名はホストランナー。

平田淳平……三年。元部長。短距離。深川とのバトンパスは何故か息ぴったり。元前髪ひらひら。

岡本重造……一年。砲丸投げ。地球を持ち上げる新入生。すでにインハイ記録を更新済み。

堂場仁……顧問。元インハイ選手。肌の黒さと声の大きさは若者に引けをとらない。現役時代の別名ハードル・クラッシャー。

国枝真希……二年。八〇〇m。トラックの格闘技に舞い降りた天使。持久力はもはや人外。

林さつき……二年。マネージャー。部の母。嫌いなものは汚い靴下。

バレーボール部

朝倉辰信……二年。セッター。セッター三人衆の一人。得意なトス、Cクイック。見た目に似合わずハードロック大好き。

新城るい……二年。セッター。セッター三人衆の一人。得意なトス、レフトオープントス。オールバックの番長面。

東村綺羅……二年。セッター。セッター三人衆の一人。得意なトス、バックトス。前髪がややひらひら。流行っているわけではない。

寺坂一…………顧問。別名千手観音。そのシゴキを食らったら翌日は立ち上がれない。ボール供給係を一番シゴいていることに本人は気づいていない。

上巣沙耶……二年。ウイングスパイカー。上手くミートせずスパイクなのに無回転。

佐々木知子…一年。ウイングスパイカー。小柄な体格をジャンプ力で補う新人生。

辻瑠香………二年。マネージャー。夏場のモップ掛けには定評がある。ラインジャッジの速さは部内一。

尾形正夫……天海島校舎の管理人。

凹《おう》面と凸《とつ》面が互いに魅かれ合うように、
お前の表面に魅かれる相手がどこかにきっといる筈だから。

——伊野神けい

# プロローグ

## 1　青春の終わりは魂の躍動とともに

ヒトは愚かだ。どんなにもがいた所で全知全能の神にはなれない。

大小の差こそあれ、必ずどこかに欠陥が残る。

照明が照らす大地は悲しみに暮れている。

時刻は真夜中。これは試練。

天海島《てんかいとう》杯三段跳び決勝最後の跳躍。

参加選手一名。名は『陸上部長兼探偵』伊野神けい。

三段跳びの助走レーン。自らのスタート位置から天を仰ぐ。

見つめるは真っ黒な空の先、遥か彼方に君臨する天空の主。

俺たちヒトは何故、無駄な足掻きを繰り返すのだろう？

騙し騙され、殺し殺され、それでも一縷《いちる》の望みを捨てきれないのは幼くて初心な心ゆえか。

あなたは欠点がなく。

あなたは失敗もせず。

あなたは全てにおいてぬかりなく。

「だから、俺はあなたが嫌いだ」

失敗がないということは、成功がないということで。

悲しみがないということは、喜びがないということで。

死がないということは、生もないということだから。

「この跳躍を、先にあなたのもとに招かれた友人たちに捧げます」


これはけじめ。そして懺悔《ざんげ》の三段跳び。

俺はみんなを守れなかったから。


天空の主は今、泣いているのだろうか？

いや違う。これは雨。気まぐれの雨。あなたは涙など流さないから。

「お願いしまあぁぁぁすっ！」

ぱちっ、ぱちっ、ぱちっ、ぱちっ、ぱちっ。一定のリズム。

脳裏に浮かぶ県大会予選。当時、踏切板から砂場まで十二メートル。

ホップ・ステップ・ジャンプで十二メートル跳ばないと記録にならない。当時の自己ベスト十一メートル後半。砂場にすら入れない恐怖。

今の自己ベストならその心配はない。いつも通り跳べば大丈夫だ。それなのに……。

ぱちっ、ぱちっ、ぱちっ、ぱちっ、ぱちっ。

手拍子がたまらなく怖い。自分で要求したくせに。

「よしっ！」

赤色のショートスパッツを撫でる。いつもありがとう。もう少し頑張ろうぜ。

そして気まぐれに降り出した雨の中、いつも通りの一歩を踏み出す。

お気に入りのスパイク（定価八千円。跳躍用ではない安いやつ）が助走レーンのゴムをしっかり捉えるのを感じる。よしっ、いける！

ぱちっ、ぱちっ、ぱちっ、ぱちっ、ぱちっぱちっぱちっぱちっぱちっぱちっ。

どんどんスピードに乗る。外野のリズムが速くなる。

スタート直後は前傾姿勢。そこから徐々に上体を起こしていく。ポイントは腰を曲げない。ここで曲がっているようならば、ホップの衝撃に耐えられず腰が砕けてアウト。猫背の俺にはなかなか難しい課題……。

視線は真っ直ぐ前へ。踏切板はどうやって見るかというと、周辺視野！

ベテラン（気取りだけど）になれば、自分が何歩目で踏み切るか把握するもの。俺は二十一歩目、左足で踏み切る。

「…………っ！」跳躍開始。二十一歩目、左足。踏切板ジャスト！

ホップ。踏切板を踏んだ反発力でジャンプ。すぐに左足を前へ出す。

ステップ。ホップの衝撃！　なんとか耐える。再度左足で踏み切る。少しでも前へ。

そして。

「……いっけえええええええええ！」

ジャンプ。右足でゴムを蹴る。その勢いで膝蹴りをするようにして左足を出す。

砂場まであと少し！　もう少し……。一瞬、流れ星がきらりと。

宙を舞う感覚。救えなかった仲間たちのもとへ。怒っているよな？

すぐに脱力。そして両足を目一杯前へ！

この思い。

届いたかわからないけど。

気づいたら砂場で大の字になっていた。

「……この感じ……やっぱ慣れねえ」

太ももに水を含んだ砂がまとわりつく。祝福の砂。ひんやりして気持ちいい。

「ふう……」

亡き友人たちに捧ぐ天海島杯三段跳び決勝最後の跳躍。悔いはない。

照明のせいで空は真っ暗。分厚い雲のもと、俺たちはまだこの島に囚われている。これ以上、まだ何か望むというのか？

雨がぽつりぽつり。こんなに長く寝そべっていたらマネさんのトンボを食らうだろう。おお神よ我にスポドリを。さすれば汚い部長のウェアを授けん………って。

「…………………あ、そっか」

マネさん……いないんだっけ。

いや違う。俺が……俺が……守れな。

「……お見事。伊野神くん」

その小さき手には正式名称グラウンドレーキ俗称トンボ。

「これで均すんだよね？　さあどいて。埋めちゃうよ？」

「その神器を扱っていいのは、我が陸上部の第三の女神、はや」

「めそめそするな！　部長でしょ！」

「うぐっ……どうせ使ったことないでしょ？」

「体育館から見たことある。私だっていつもモップ掛けしてるんだから」

ふっ、モップとトンボを一緒にするな……と言おうとしたとき本当に砂をかけられた（！）から俺は慌てて飛び起きた。

「って、ほんとにかけるのかよ！」

「私は忠告したわ。ほらどいたどいた！」

どこの部もマネさんは強し。

体についた泥を払っている間に、みるみる砂場が均されていく……。

その仕上がりは申し分ない。是非我が陸上部の門を叩いてほしいと思った。

「驚いた。泥砂《でいさ》は均すのが難しく、うちの新人マネさんが苦戦しているというのに」

「見くびらないで。体育館のモップ掛けのほうが百倍難しいわ。さあ行きましょう？　みんな待ってる」

彼女の視線の先。手拍子をしてくれた外野たち。大切な仲間たち。

もう間もなく全てが終わる。この厚き雲さえ晴れれば……。その時をただ待とう。

「もう、誰も連れて行かないでください」

天空の主に向かって、最後のささやかなお願いをした。雨脚がちょっと強くなった気がするけど、耳を傾けていると信じて。

# 一日目

## 2　いざ、天海島へ！

「うううううううう、おえぇ」

もう何度目か、俺は海の生物たちに吐瀉物《としゃぶつ》をプレゼントする。これも海の生物たちを守る活動と思えば、何だかもっと吐きたくなってきた……おえぇ。

今日の日付は八月十日。

場所は海の上の船の上。オン・ザ・シップ・オン・ザ・シー。

どこへ向かっているのかというと……我らが私立杵憩舞《きねいこまい》学園高等学校天海島校舎。

私立杵憩舞学園高校。学校名の由来は、もともと『杵憩祭《きねいこさい》』という餅つきをして無病息災を祈る祭りがあり、それの発展に伴って徐々に移住者が増え、ある時学校をつくろうという話が持ち上がり『杵憩学園』がつくられたのが発端とされる。その後、『ホムフェス』（後述）でダンスを踊るのが伝統行事になったのをきっかけに、『杵憩舞学園』になったらしい。

後援団体の財力による最先端の技術が集結していて、カフェテリアや本格レストランが生徒を日々肥やしている。食糧難になったらうちの学校の生徒は飢え死にするだろう……。これは悪行なのかも。後援団体とは一体どこの国の組織か？　実はマネーロンダリングを繰り返した表には出せない裏のカネ……というのは俺の妄想で。

しばしの頭脳労働で気持ちわる…………おえぇぇ。慈善活動万歳！

偏差値は六十。日本中に姉妹校をもつことから設立者は相当な大富豪に違いない。毎日お世話になっております。どうかお餅はよく噛んで下さいね。

今回向かう天海島校舎もその内の一つなのだが、唯一学校としては機能していない姉妹校だ。その昔は他の姉妹校同様にたくさんの生徒が門をくぐっていたのだが島民の島離れが深刻化、それに伴った生徒数減少のため廃校を余儀なくされた。それでもお金はたくさんある我が学校、管理会社（学校の息がかかった民間企業）が日々手入れを怠らない。現在では林間学校やイベントなどで利用されることが多い。島の名物である天海火山は登山シーズンにはツアーが開催されこの時だけ多くの観光客で賑わう（ここまでパンフ参照）。

そんな天海島校舎に向かう理由――それはダンス練習のため！

ちなみに言っておくと俺は陸上部長。名前は伊野神《いのかみ》けい。種目は幅跳び・三段跳び。自己ベストは幅跳び六メートル三十二。三段跳び十二メートル八十六。ダンス歴零秒。そんな俺が何故ダンスを踊ることになったのかというと――。

「おえぇぇぇぇぇぇぇぇ」慈善活動。

ゆっくりと上下する視界。

吹きつける生ぬるい風。

あざ笑う海鳥（お前らにエサはやらん！）。

ブオーという　モーター音が脳を揺らす。あと何回慈善活動をさせる気だよ……。

「ふうー、うっぷ」

何とか続けられそうだ。

来月、学校の目玉イベントの一つ、体育祭――正式名称『真夏の焔祭《ほむらさい》』、通称ホムフェスが行われる。その出し物の一つに毎年運動部がダンスを披露するステージがあり、今年の担当に我が陸上部とバレーボール部が選ばれたのだ。

参加人数は六人ずつ。その陸上部代表として俺を含む六人。バレー部選抜六人。プラス顧問二人……合わせて十四人プラス運転手が今、オン・ザ・シップ・オン・ザ・シーというわけだ。これから二泊三日、みっちりかっちりダンス練プラス部活というわけだ。

「おう部長！　グロッキーだな。そんなんじゃ女の子にモテないぞ？」

横からそんな陽気な声。

我が陸上部のエース深川猛《ふかわたける》が自慢の前髪をひらひらひらひら風になびかせている。

種目は短距離。彼曰く自慢の前髪は空気抵抗を受け流し……云々（いちおエースです）。

「深川か。悪い……今回のダンスは任せた……。俺は海のもず、もこず」

「はっは、言えてねぇし！　運動部のくせに船酔いとは……後輩に笑われるぞ」

満面の笑みが太陽のようだと思ってしまったのは、俺の目の一生の不覚だろう。こいつ、何故そんなに爽やかでいられるんだ？　指定である群青色のネクタイはどこへやら、ワインレッドのストライプネクタイがそこにいて。白のワイシャツとの相性は抜群だ……って、こんな暑いのによくネクタイなんて！

「うるさい！　普通は脳が混乱して多少気分が悪くなるもの。こんな状況で爽やかに笑っているお前がいけ――」

俺は少し離れた所に固まっている我が陸上部のメンツを見る。

まず、元部長の平田順平《ひらたじゅんぺい》先輩。

種目は短距離。元ホストランナー。昔付き合っていた彼女に前髪を切られ現在育毛中らしい。深川とのバトンパスは似た者同士ゆえ芸術の域だ。黒のポロシャツ（頭は悪いらしい）に英文が一文書かれていて。『MAKE　ME　SAD』。意味は『悲しいの』といったところか。心中お察し申し上げます。半分以上、先輩が悪いですけどね。女の子に声かけ過ぎなんですよ。

その横、一際体格が大きい岡本重造《おかもとじゅうぞう》。

野球部に間違えられそうな坊主頭。一年生にしてインハイ記録を更新した男。得物は砲丸。奴の勢力はいずれ円盤やハンマーに広がるだろう。白いTシャツから覗く二の腕には玉のような汗が。平田先輩の話を楽しそうに聞いている。顔色は良好。慈善活動の疑いなし。まあ二人くらい元気な部員がいた方がいいよね……うん。

次は国枝真希《くにえだまき》。

種目は八〇〇メートル（別名トラックの格闘技。所以はコース取りの激しさから）。

ショートヘアが風に揺られ、俺の視界も揺れる。我が陸上部第一の女神。ちなみに第三の女神はマネさんの林さん。第二の女神はお留守番中。水色のクラスTシャツから覗く腕は真っ白で。そのお脚も真っ白で、黒のハイソックスとのコントラストが素敵。楽しそうに話す様子はここが船の上であることなんか気にもしていない笑顔に満ちていて。

そして林《はやし》さつき。

マネさんだ。前述した我が陸上部第三の女神。セミロングの黒髪が清楚なお嬢様のようで。汚い靴下も彼女にかかれば真っ白な新品同様に！　洗濯機のおかげと言おうものならストップウォッチが飛んでくるという噂も。赤縁メガネが某有名アニメの女の子にそっくりで、ファンクラブが地下にあるとかないとか。白のポロシャツにタオルを首からかけた姿は、まさにクイーン・オブ・マネージャー。そんなクイーンが、船酔いでダウンしている姿など想像できない。

「…………………」

「ほらな？　お前だけだぞ。船酔いなんかしているのは」

何故なのか。だがしかし、気持ち悪いものは気持ち悪い。俺は楽しそうに団欒する部員たちから離れて、もう何度目になるのか、慈善活動を。

「……………!?」

「うううううううううおえええええええええええええええええ！」

と、横から怪物の咆哮が。

そこにいたのは……。

「……堂場先生」

堂場仁《どうばじん》先生。顧問。元一一〇メートルハードルのインハイ選手。通り名はハードル・クラッシャー。口癖は『ハードルは壊すものだ！』。

俺は顧問と一緒に、慈善活動をつづけた。

時刻は午前十時半。学校の港（恐るべし杵憩舞の力）を出発したのが八時半。船に揺られること二時間。

「それにしても……」と国枝さん。「おっきい島」

進行方向に大きな島が見えてきた。鬱蒼と茂っていそうな森が雄大に広がっている。潮の香りに混じって、生臭い臭いが……。その正体はきっと慈善活動の副産物……。もういい。これ以上考えると再開する羽目になる。

「やっと着いたか……長い旅路だったな」と俺。「せめて最後の船旅を味わうとしよう」

「えー部長！　あと一時間かかりますよ」と岡本。「しかも、帰りも乗りますから。船」

新入生よ。それを言ったらおしまいだ……。地球だけでなく、先輩を持ち上げることも考えてほしい。事実なんだけど。

「岡本君なら……」と赤縁メガネのクイーン。「ここから砲丸投げたら届く？」

「はっはははは、はっは」爆笑したのは元部長平田先輩。「やってみるか岡本ぉ？」

「嫌です！　確実に海の底まで砲丸沈んじゃいますよ」さすが一年、ツッコみが真面目だ。

「平田先輩ならここから水面ダッシュで上陸っすよね？」と深川。バカ同士の掛け合いが始まった。おっと、先輩をバカ呼ばわり！　うっぷす失言。

「はっ、何なら水面でバトンパスやってみっか？　はいっ！！　とか言ってさ」

「先輩がその気なら！」

「よおーし、バトン持ってこいや！」

「忠告しておきますけど……そのバトン、今年の予算委員会で生徒会を納得させて購入したものなので、無くしたら許しません。高いんですから。それでもお使いなら持ってきますけど？」

林マネさんが言うように、公認のバトンは高価である。我が陸上部は安いバトンを長年愛用してきたが、公式戦を考えて買い替えることにした。そこで敵になったのが生徒会。

『これは本当に使う予定がありますか？　安価なものではダメなのですか？』

は て、私はいつ国会で尋問を受ける議員になったのであろうか？　お金はあるくせに渋る生徒会。彼らに陸上の何がわかる！

そんな死闘をしてようやく買い替えたバトン。予算関係も任せている林さんが厳しくなるのは当然。

「さっちゃん」

「…………それ、止めてもらえますか？　平田先輩」

「あっ！　ほらほら！　見えてきたよ島！」

その時。

船室に続く扉が開いて、男女がぞろぞろと出てきた。その先頭に立っていたポニーテールの女の子が島を指さして。

「あっ、真希ー」とポニーテールの女の子。国枝さんと同じ水色のクラスTシャツ。「もう少しで着きそうだね！」

声をかけられた国枝さんは微笑みながら彼女に駆け寄って。

「バレー部のみんなは何してたの？」

「ん？　うちら？」と彼女。「船室でトランプやってた」

そうして。

我が陸上部と。

「あ、いちお紹介するね。バレー部でーす！」

バレーボール部は。船上で。

これから生活を共にし、ダンスという一つの芸術を創り上げる良き仲間、そして良きライバルとして出会った。

## 3　バレーボール部選抜六人

我が陸上部の自己紹介。まずは俺。次に深川、平田先輩、岡本、国枝さんと続いて。

「………よろしくね！」と林さんが赤縁メガネをくいっと。クイーンスマイル炸裂。これ、初見殺しだろ？

そして。

知っている奴もいるけど、バレー部の自己紹介が始まった。

「えっと、朝倉辰信《あさくらたつのぶ》です。そっちの伊野神とは同じクラス」と朝倉。黒縁メガネがガリ勉を思わせるかもしれないが、実際ガリ勉だ。成績も優秀。ポジションはセッター（トスする人。ザックリだなー）。

「うちの部じゃあ……」とポニーテールの女の子。「セッター三人衆って呼ばれてるんだよね？」

朝倉は言葉に詰まったような反応をするのみ。こいつ、部でもコミュ障か。俺も人のこと言えたもんじゃないけど。

「三人衆ってことは……」とすかさず平田先輩。「あと二人いるの？」

「いますよ！　今この場に、三人衆全員が集結！　ぱちぱち」

ポニーテールの女の子の言葉を受けて、残りの二人が前に出る。内一人はバレー部にしては長い前髪が印象的だ。これは先輩と深川にライバル出現か？

「あ、俺です。えー東村綺羅《ひがしむらきら》です。二年生でセッターやってます。おら、次はるいだ」

前髪がひらひらとまではいかないが、うちの深川と平田先輩に迫る勢いを感じさせる。リスペクトしちゃうある種の魅力があるんだろうか？　彼に一声かけられて残りの一人も自己紹介。

「新城《しんじょう》るい。三日間、よろしく」

真面目な言葉が飛び出したので、どんな奴かと顔を見たらなんとオールバック！　いかつい印象を相手に与えかねないその顔には、岡本にも勝るとも劣らない汗が。国枝さんとポニーテールの女の子と一緒のクラスTシャツが既に絞れそう。

セッター三人衆の紹介が終わり、残り三人となった。

「えっと、上巣沙耶《かみすさや》です。二年生でアタッカーしてます。き、東村くんと同じクラスで、えっと……ポジションはレフトです」

頼れるエースアタッカーだよ、とポニーテールの女の子。無回転だけどね……とぼそり。

「ちょっと瑠香ぁ！　ひどい！　気にしてるのに」と上巣さん。ショートヘアを後ろで結っているそれは何テール？　ちらりと横を見る。林さんが目を細めて上巣さんを見ていた。

「一年生です……」

自己紹介は進行していて。俺はそちらに注目する。

「佐々木知子《ささきともこ》です。ポジションは上巣センパイと一緒のアタッカーです。あの、よろしくお願いします」

初々しく自己紹介した佐々木さん。身長は女の子らしいがバレーボーラーとしてみると低い。これでもバレー部のアタッカーなのだから、さっと凄まじい身体能力をもっているんだろう。国枝さんや上巣さんよりも短めに切り揃えられたショートヘアが似合っている。

「最後は私か……。えっと、辻瑠香《つじるか》っていいます。マネージャーです。真希ちゃんとるいくんと同じクラス……ってわかるか。皆さん、よろしくお願いします」

頼れるエースマネだよ、と上巣さん。特にラインジャッジの速さが……とぼそり。

「沙耶ぁー言ったな！　次から沙耶のスパイク全部アウトにするからね！」

そんな冗談を言い合い、笑いが起きるバレー部面々。何とも平和ですこと。

それにしてもマネさんか……小柄だからてっきりリベロかと思った。

リベロとは守備専門の選手のこと。常に後衛でレシーブなどを担当する。影の立役者。

そんな自己紹介が終わって聞こえる海鳥の鳴き声は、ほんの少しだけ心地良い。

遥か先に見える絶海の孤島。本格探偵小説ならこの後に嵐がやってきて……。

「あれ、そーいえば寺坂先生は？」

国枝さんが辻さんに質問する。寺坂先生はバレー部の顧問だ。朝倉曰く、血も涙もない軍人のような顧問らしい。

「えーと」辻さんが船室に続く扉を見つめて。「まだ部屋にいるんじゃ……」

がちゃり。と、その時。船室に続く扉が開いて……。

「…………」雑談をしていたバレー部はもちろん、我ら陸上部の面々もその場に凍り付く。この威圧感は、あっちの柵にもたれて慈善活動をしている元ハードルクラッシャーにはないものだ。威圧感どころか、教師としての威厳も感じられないが。

そして姿を現したもの。

「…………」無言。だが伝わってくる……圧倒的オーラ。

それはバレー部の主なる存在の降臨……ん？　なんか顔色悪くね？

「うううううううううううううううううおえええええ！」

結局。現地に着くまでに慈善活動をした者は、たった三名。

堂場仁。寺坂一《てらさかはじめ》。そして伊野神けい……面目ない。

## 4　我ら青春の舞台

天海島の第一印象は、以下の通り。「やっぱ、空気うま！」

船が着岸して降り立ったそこはまさに別世界。目の前に広がるは緑、そのまた緑、そして緑。グリーングリーングリーン（歌っているわけではありません）。

「よーしっ、伊野神！　点呼とれ！」

堂場顧問の無駄に大きい声。顔色は若干青白い。あれだけ慈善活動すれば当然か。

「はいっ」と精一杯の返事をして我が部員たちを確認する。

深川並びに平田先輩……砂浜の上でバトン練習中。あ、バトン落とした。そして大きな波が打ち寄せて……って、バトン公認のじゃん！？

「ああああぁぁぁ！」それを見ていた林マネ。鬼のような……失敬、クールな表情で深川並びに平田先輩に詰め寄る。

彼女のターン、彼女は力を溜めている。

二人のターン、彼女の威圧感に身動きが取れない！　強制終了。

そして彼女のターン……持っていたタオルで殴りつけた！　痛恨の一撃！　二人は倒れた！

まものを全員倒した！　林マネはレベルが上がった！

それを遠巻きに笑って見ている傍観者……岡本、国枝さん、そして俺。

「先生……全員います！」俺は点呼を終えた。

「よおしっ！　全員、天海島校舎に向けてしゅっぱーつ！」

はぐれるなよー、森にはクマがいるぞーと顧問。あのーバトンはいいんですか？　生徒会を黙らせ……納得させて買ったんですけど？

俺は砂浜で戯れる三人に近寄って声をかける。林マネが砂まみれになったバトンを綺麗にしている。深川並びに平田先輩はＨＰ０の様子……よし、では蘇生呪文！　っと、レベル不足！　残念！

「もーまったく子供なんだから！　ほら！　早く行かないと置いてかれるよ！」

林マネの何たる包容力。まさに部の母。部の女神！　部の……（自粛）。

深川並びに平田先輩は本当の子供みたいにしゅんとして、既に歩き出した顧問らの後を追う。

岡本の奴……我が陸上部第一の女神と何の話をしていやがる？　後輩の癖に生意気な！

「マネさん、もう一人くらい連れてくれれば良かったね」

「ううん、私は全然平気。練習もあるんだし」今頃、学校の校庭で副部長が音頭を取って走り込みでもしているだろう。あいつ……上手くやっているのだろうか。今日来てないマネさんたちもあっちへこっちへ選手並みに運動している光景が目に浮かぶ。

「林さんは……」つーっと汗が流れてシャツに染み込む。「どうしてマネさんに？」

「えー？　どうしたの急に？」

「いや、人の世話するって凄いなと思って」

「確かに他の子にも言われたよ」

バレー部の面々はミーティング中だ。直に点呼を終えて歩き出すだろう。それを見ていた彼女がやや急ぎ足で続ける。

「人が使った靴下とかタオルとかよく触れるねって。確かに汚いよ、できれば触りたくない。靴下とかサイテー。特に伊野神君！」

「おっぷす！」

「幅跳びの練習で砂まみれになったユニフォーム、あれ大変なんだからね？　そのまま洗濯機に入れると砂も入って壊れちゃうから払わないといけないし……砂は良いんだけど泥！　これが厄介なのよ……手洗いするから手間もかかるし。この前だったかしら、一年生の子が必死で手洗いしてて……その子手洗いで汚れを全部落とさないと思ったらしくて私たち爆笑しちゃった！　シンデレラじゃあるまいしって」

そんな陰ながらの苦労が……部長でありながらそこはマネさんに任せっきりだった。今度マネさん感謝祭を開催せねば。予算の見積もりを……。

「それでも、何だろうなあ」

風に揺れるセミロングの黒髪。背景は風情ある砂浜。押し引きを繰り返す波。まるで自分が小説の主人公になったみたいな感覚。

「みんなが喜んでくれるから続けられると思う。母性？　なのかな。あはは。女の子ってそういうものじゃないかしら。ほら、置いてかれちゃう……いこ？」

林マネは俺の気持ちを置き去りにして、砂浜を駆けていった。あとに残された俺の気持ちを、半ばあざ笑うように、波が一際大きくざわーんと音を立てた。みなまで言うな……わかっているから。

林マネに遅れること数分。

朽ちた看板に先導されて、ややきつい上り坂をひたすら歩き辿り着いた先こそ、我ら青春の舞台。俺の後に、バレー部一行も到着する。

「よーしっ、全員到着したな！　横一列に整列！」校門をバックに堂場顧問。門はすでに開かれている。門柱に『私立杵憩舞学園高等学校　天海島校舎』とある。

「整列」バレー部顧問寺坂先生がバレー部を並ばせる。そうして俺たち十二人は整列を完了させた。二人の顧問の背後、校門のさらに先……そこには離島とは思えないほど近代的な建物が一、二、三、四。校庭もかなり広い……トラックも余裕で取れそうだ。っと、我が愛すべき砂場はどこだ？　とそこで堂場顧問の一喝が割って入る。

「よしっ。船旅ご苦労さん。今日から二泊三日、来月のホムフェスに向けたダンス練習、並びに部活動を執り行う。各自、それぞれの部の代表としてしっかり取り組むように。良い機会だ、同じ体育部として交流・協力を密にして練習に励め。いいか！」

「**はいっ！**」全員のユニゾン。部活モード、オン！

「今日からみなは一つのチームだ。この機会に親睦を深めるように。そして、我々顧問は当日、素晴らしいダンス演技が見られることを期待している！」

「**はいっ！**」

「よしっ、では一同代表として……陸上部長の伊野神！　前へ！」

「ふぇ！？」

「へ、じゃない！　無茶ぶりだ！　そのくらい想定しろ！」

ぶちょーファイ、オ、ファイ、オ。

深川並びに平田先輩の茶々を受けながら、俺は前に出る。うちの部はいいが、バレー部の視線が痛い。話したことあるのは朝倉だけだからな。

「えーと、陸上部長の伊野神です。えーと（ヤバい。話すことなんてないぞ）。ダンスは全くしたことありません！」

「…………」おい！　さっきの気合が入ったユニゾンはどうした！

「えっと、なので頑張りたいと思います。みんなで仲良く、いい合宿にしましょう。以上です」

パチパチパチパチ。無難に話すことしかできなかった。来期は学級委員でもやってみるか。

「よし、では最後に。寺坂先生、何かありますか？」

「うむ」

堂場顧問から引き継いだ寺坂顧問。坊主頭には若干白髪が混じっている。軍隊の教官のように列全体を見渡しながら言う。

「私は……ダンスが好きでね」……え？　「社交ダンス、ミュージカル、創作、ストリート……どのダンスも表現するものが違うんだ。社交ダンスは協調性、ストリートは自己。最近のダンスは実に多様化していて分類が難しいんだが……メガネかけた者たちが光るペンを持って踊るダンスは素晴らしいな……」って、それオタ芸じゃん！

「**あははははは！**」綺麗なユニゾン。こんな事話す先生なんだな。

「あれが表現しているもの……何かわかるか？」

しかし次の瞬間、穏やかだった表情が引き締まった。それによってバレー部はぴしっと背筋を伸ばす。これが鬼教官、血も涙もない寺坂顧問。

「新城……わかるか」

「はいっ。ええと、情熱……だと思います」

指名されたのはセッター三人衆の一人、オールバック少々強面の新城。ほぼ即答。

「うむ」しばし沈黙の鬼教官。及第点だな、とぼそり。「相手に伝えたいという気持ちの表れだ。君らに踊ってもらいたいダンスは、まさにあんなダンス」オタ芸をやりに来たのか俺たちは？

「自らの内に秘めた衝動を、全身を使って相手に伝えるよう努力しろ。今、この一瞬の命の息吹を誇りに思え。そして全身全霊をもってそれを見たものに伝えろ。期待している。以上だ」

そして俺たちの、二泊三日の合宿の幕が上がった。

## 5　かつて

幕が上がった後、天海島校舎の正門を通った。通い慣れた学校の姉妹校とはいえ、初めて訪れる校舎。気持ちは自然と入学式の時のそれと重なる。

着慣れない黒ブレザーに袖を通し、群青色のネクタイをぴっちり締めて。中学三年間の経験なんて鼻をかむ紙にすらならないような漠然とした不安。

『御校に入学したら、積極的に色々なことに挑戦していきたいです』

『部活は続けるつもりなの？』

『は、はい……』

『ほほう。でも、うちのバレーボール部は厳しいで有名だけど、自信はある？』

『そ……』

即答しなきゃダメだ即答しなきゃダメだ即答しなきゃダメだ。

『そうですね。はい……自信あります』

ヒトはこれを詐欺とよぶのだろうか。

中三の担任は俺を絶賛してくれて、内申点は贔屓目にしたと言っていた。これなら杵憩舞を狙えると。自信を持てと。両親も喜んでいた。

結果は合格。バレーボールを続けるという条件のもと通うことを許されたと思った。もうバレーボールなんて触る気もないのに……。

ポジションはセンターだった。相手のスパイクを何度もブロックした。メンバーに恵まれ県内でもベスト八に入る強豪チームで、そのスタメンとして背番号二番を背負っていた。練習はきつく、嫌々やっていたことは否定しない。そんな気持ちとは裏腹に周囲からの期待や称賛は日々増していった。鬱屈した感情はねじれ、本来の形なんてもうわからなくなっていた。気づいたら担任に背中を押され願書を送っていた。

『楽できれば、それでいいや』

結局のところ、受験が楽に終わるならどこだっていい……そう思っていた。仮に落ちたとしても、ぐっとレベルを下げれば大丈夫だろう。投げやりだった。

『あ、推薦組なんだ……』

入学式後、同級生との会話は長く続かなかった。周りは吐き気を催すような受験戦争を勝ち抜いてきた奴らばかり。その苦労を共有したいだけ。推薦組の俺と共有できるものなど何もない。誰とも上手く話せないまま、機械のように黒板の文字をノートに写す日々。

追い打ちをかけるように中学時代の友人（同じバレー部だった）たちとの溝が深まった。まるで自分の方が優位に立ったみたいに振る舞う友人ども。仕返しだと言わんばかり。人目を引くとは、逆に人目を遠ざけることでもあると思い知った瞬間だった。

はてさて、今後の学校生活をどうするべきか？　いっそのこと辞めちまうか？

帰宅部という選択肢も考えた。そんなある日の放課後だった。

『体験入部やってまーす！　話だけでもどーぞ♪』

下駄箱に向かう廊下で。そう言って手書きのチラシを渡してきた女の先輩。チラシの末端に『陸上部』の文字。小学生時代、運動会でリレーの選手に選ばれてから陸上に興味をもっていた。中学でバレー部に入ってその気持ちは消えたと思っていたが、『陸上部』という文字を見てその気持ちが燃え上がるのを感じた。消えてなどいなかったのだ。

俺はすぐにグラウンドに行った。

石灰で引いたレーン。地面は穴だらけ。先輩たちが歩くたびに地面を抉るジャッ、ジャッという音。

『雷管鳴らしまーす！　位置についてー、よーーーーーい』

バアアアアアンンッ！

しばらく耳鳴りがした。火薬の臭いが香ばしく感じた。

『砲丸投げまーす』

一際体格が大きい先輩（ちなみに岡本とは無関係）が図太い声とともに砲丸を投げる。綺麗な放物線を描いて地面に落ちて、大地が揺れた。

春風が吹く、そんな放課後。

部活中に風を感じられることが何よりも新鮮だった。

その後、体験入部を経て本入部を決めた。深川や国枝さんなど、今の仲間たちと出会った。種目を決めることになって、俺は走高跳を選んだ。選んだ理由は単純、先輩の背面跳びがかっこよかったから。

入部してしばらく、背面跳びの練習をした。しかし、思うように記録は伸びなかった。

その理由はただ一つ。

身体がかたいから！

背面跳びは柔軟性を要求される。バーに対して少し膨らむように走っていき、ほぼ真横で真上に跳ぶ。その後、腰を曲げバーを越えたら今度は腰を基点に足を引っ張り上げバーを通過する。背筋・腹筋をフルに使う上、柔軟性がないとまず出来ないし、仮に出来ても記録が伸びない。それにケガの原因にもなる。そこで顧問の堂場先生と話し合った。

『お前、幅跳び向きなんじゃないか？　バレーボーラーだったから背もあるし、足も長いから三段とか面白いんじゃないか』

我が愛すべき幅跳び、三段跳びとの出会い。

回想はこのくらいにして。何だかんだあったけど、辞めなくてよかったと思う今日この頃。

「顔色良くなってきたね」横には朝倉。こいつ、こんな澄ました顔でよくも。「酔い止め飲む？」

「今更かい！」

というより何故酔い止めなんかを？　まさか俺のため？　って、それならオンザシーのときださんかい！

「あ……いや、念のため」

「念のためって。筋金入りの心配性だな」

いつものことだよ、と朝倉。

一年からの腐れ縁。クラスで孤立寸前だったとき、何となく同じオーラを感じて話しかけたのがきっかけ。

共通の話題は音楽だった。

特にロックの話で盛り上がった。

洋邦問わず、好きなバンドを紹介し合った。

大好きなバンドの曲。優しい音色に癒され、心をかき乱された。

『生きている』という希望と『生きなくちゃいけない』という絶望を教えてくれたバンドだ。

『あのバンド……なんか暗くない？』

かっっちーん。

『おま、暗いって！　何たる侮辱！　そんなに言うならお前！　人生ベストを言ってみろ！』

そうして奴が挙げたバンドはド低音メタルバンド。恨み文のような歌詞が何故か人気。

いやいやいやいや！　お前の方が暗いだろ！

そんなこんなで早一年。

『なんでセッターやろうと思ったの？』

木漏れ日が教室を照らす放課後。部活に向かう前、ふと訊いてみたこと。

『うーん……』

深く考え込む朝倉。

そんなに考え込まなくてもいいんだけどな。お調子者がするような冗談交じりな答え方は彼の中には存在しない。わかっている。俺もだから。

『なんていうか、かっこいいと思って。アタッカーを生かすも殺すも、セッターの能力次第だから。そんな縁の下の力持ち的なところに魅かれたんだ』

俺はどうしてセンターをやっていたんだろう？

そんなの決まっている。『向いている』と当時の顧問に言われたからだ。

## 6　伊野神うんちくと未来を見つめる男

校門を過ぎてまっすぐ先に位置する建物が、中央館というらしい（事前に配られた校内見取り図を参照中）。砂場は校門のすぐ北側にあるはず……。

「うおっ、砂場発見！」

我が愛すべき砂場発見！　早速砂の具合を確かめる。おお、手入れがしっかりされている。さすが天下の杵憩舞……ぬかりない。

「おーい伊野神！　砂とじゃれ合うのもいいけど、早く教室行こうぜ」

深川が親指をクイッと中央館に向ける。朝倉は一足先に校舎に入ったようだ。いつものことだが、気配を消すのがうまい。セッターが気配を消したらコートの中は大パニックだ（あいつ大丈夫だろうか）。今回、教室を割り振って寝室とするのだが、俺は深川と一緒なのだ。ちなみに他の部員たちの部屋割りは以下の通り。

岡本・平田先輩　一－六。
国枝・林　三－一。
伊野神・深川　一－二。
堂場先生　教官室。

中央館の左右にはそれぞれ西館と東館が建っていて渡り廊下で繋がっている。東渡り廊下は途中で北向きに枝分かれして武道場に繋がっている。西館東館の南にはそれぞれ体育館、プールがあって同じく渡り廊下で繋がっている。

俺は昇降口から中央館に入った。まずはここから入ってそれぞれの館に行くしかないようだ。空いている下駄箱に靴を入れ、カバンから上履きを出して履き、とりあえず寝室へ向かうことにする。

一－二。至って普通の教室。

机は綺麗に黒板側（北側）に並べられていて、窓の下に布団が綺麗に畳んで置いてある。

教室の後ろには小さな区画に分かれたロッカー。上部に隙間が空いている掃除用具入れには箒やデッキブラシ等々。教室のロックは鍵があればできる。鍵は顧問が管理している筈だ。

ここは東館一階。俺と深川は中央館一階から渡り廊下を通って東館に入った。

中央館は廊下が十字に伸びていて、東に行けば東館、西に行けば西館に繋がっている。ちなみに北に行けば階段があり（女性陣はこちらに向かった。三‐一は東館三階にある）、南は昇降口に繋がっている。この十字廊下に各教室が隣接している。ちなみに渡り廊下は三階にはない。女性陣はおそらく中央館二階から東館に渡ったのだろう。

東館は廊下がT字路になっている。渡り廊下を通って東館に入った後、まっすぐ廊下を進むと二階への階段にぶつかる。その途中、南向きに廊下が枝分かれしてプールに繋がる南廊下に通じている。このTの縦棒に隣接するようにして教室が左右四つずつ、計八つある（一つは男女別のトイレ）。

「来月の新人戦、残れそうなの？」

「んー、十一秒一を切らないと多分残れないから、なかなかシビアだな」と深川。こいつは一〇〇メートルに毎回出場している。自己ベストは確か十一秒五前後。このままでは準決にすら残れない。

「でも、予選で三着に入ればタイムはどうあれ準決だから、俺以外の選手を全員欠場にすればあるいは……」

「うわ、超ゲスい！」

　こういうセコいことを考えさせたら部内一位……いや二位か。『MAKE　ME　SAD』先輩が一位……って悪い影響しか受けてないじゃん。

「お前はどうなんだよ伊野神……三段と幅。決勝残れそうなのか？」

「うーん、俺も今のままじゃきついな」

「じゃあ、一緒に他の選手を欠場に追い込もうぜ！」

「お前と一緒にすんなよ！　俺は真面目だからな！」

「よく言うぜ、勝手に女子の部室開けたくせにさ」

「あ、あれ、あれはだな……ちゃんとノックしたし。ちょっと響きが悪かったから中で聞こえたかは定かではないが。まあでも、だれもいなかったからセーフ！」

　それはさておき、三段跳び！　（深川があれこれ言ってくるが特殊機能のスルーを最大限発揮中）。

　三段跳びは短距離走と違って準決がなく、標準通過記録をクリアすれば決勝に残れるシステムだ。その記録が今回の大会では十三メートル。

　自己ベストは十二メートル八十六。はい、アウトー。

　幅も同様。標準通過記録は六メートル五十。

　自己ベストは六メートル三十二。はい、アウトー。

「四継リレーはどうなの？　平田先輩が引退して高城《たかぎ》がアンカーになったよな」

三年生が引退する前は一走が先輩（名前割愛）、二走に高城（今回は留守番メンバー）、三走に深川、アンカーに平田先輩というメンツだった（四継リレーとは四×一〇〇メートルリレーのこと、ちなみに四×四〇〇メートルリレーは『マイルリレー』と略す。これは合計一六〇〇メートルが一マイルに相当するから。伊野神うんちくでしたー拍手ぱちぱち）。

「そ。二走だった高城がアンカー、一が新人、二が控えの松井《まつい》、三が変わらず俺。今頃一と二はバトンパス練習、俺がこっちにいるから高城は適当に走り込みってとこか」

「三走目がいないと結構滞るな」

まあな、と深川。「高城からバトン貰ってたけど、渡すのとはわけが違うから合わせておきたいんだけど……ダンスなんて踊っている場合なのかね」

時々真剣な眼差しで未来を見つめる男、それが深川猛だ。

## 7　超えるべき壁

時刻は十二時半。

俺と深川は適当に荷造りを済ました後、一－一に向かった。

ここで昼食をとる予定になっている。

教室に入るとすでにバレー部の面々は席について団欒していた。

俺と深川は空いている席に座る。

「………」朝倉と目が合った。

団欒する輪の中で口を真一文字に結んでいる。深刻そうな表情。

俺は一瞬、席を立ちかけた。

「なあなあ？　飯何かな？　コンビニ弁当だったらまじ萎えるよなー」

深川の能天気な言葉に動きが止まる。

適当に返事をしていたら、立ち上がるタイミングを逃してしまった。しばらくして他の部員たちが教室に入ってきて、あれこれ話し出す。

「あれ、平田先輩シャツ変えました？」

「おうおう、さすが愛弟子、気づくのが早いな！　感心感心」と答える先輩の黄色のシャツ。胸で躍る文字は……『I　HAVE　A　DREAM』。食いついてくれと言わんばかり！

一体、この人はどんな夢をもっているのやら。聞くのは止めておく。長くなりそうだから。

「平田先輩」と林マネ。「脱いだシャツは篭に入れといて下さいね」

「うん……わかった。ありがとうな、さ……林さん」

「………」

林マネは軽く会釈した。目線は逸らしたまま。

「よーし！　全員揃ってるかー」

張り詰めた空気を、堂場顧問の図太い声が切り裂いた。横には寺坂顧問もいる。俺たちは着席し、二人の顧問に注目する。その手にはお弁当が！

「今から昼食とする。目安だが、十三時頃から体育館で本校舎の管理会社の方の紹介と、改めて本合宿の開会を宣言する開会式を行う。それに間に合うように昼食を各自取るように！　あと、参考までに去年のホムフェスでのバスケ部のダンスビデオ、今年のダンスコンセプト映像を流すから、参考にするように！」

時計を見る。残り二十分。弁当を開ける……うわっ、懐かしい香り！　のり弁だ！

いつの間にかモニターが用意されていて、映像が流れだす。

去年のホムフェス。バスケ部選抜メンバーによるダンス。

優しいオペラのセリフで幕を上げる。

それをバックに入場するバスケ部選抜メンバー。その中の一人が彼らの商売道具であるバスケットボールを抱えている。装飾が施されたそれは、結婚式の花嫁さんみたいで、いつもの武骨なイメージがまるで嘘のよう。儀式めいた妖艶な雰囲気が辺りをゆっくり包んでいく。完全に彼らのペース。固唾《かたず》を呑んで見ていた去年のホムフェス。

そして入場が終わり、舞が始まる。当時の迫力が蘇ってきて、ゾクゾクと身震いする。ボールを抱えた人がそれを高々に投げ、素早く横にずれる……そして別の人がボールをキャッチする。

指先までピンと意識したバレエダンス。あまりの激しさに舞う砂埃が、カーテンのような役割をして彼らの表情を良い具合に隠す。それがまたクールなこと！　彼ら、本当にバスケ部か？　ダンス部のスパイじゃないか⁉　と思った去年の夏。

ボールは縦横無尽に彼らの手に渡る。装飾は汚れて、剥げて、削がれて、削れて。

それでも決して本来の姿を、ボールのボールらしさは失わず！

自分のコア（核）は絶対に失わないで。そんなメッセージが聞こえてくるようで。

ダンサー全員が中央に集まり、全員でボールを高々に掲げフィニッシュ。

会場は割れんばかりの拍手喝采。それに合わせるように、教室内でも拍手が巻き起こった。去年見ているとはいえ、感無量。

「やっぱすげえな」とバレー部新城。「あんな動き、練習したって無理だろ」

「俺にはお前の、トス？　の方がムズく見えるけどな」

あれボール持ってんだろ、と深川。下手くそなトスのマネをして。

「なめんなよ深川！　持ったらホールディングっていう反則取られるんだよ！　だからバレないようにちょっと持つんだよ……」

そう言って横にいる朝倉の肩を組む

「なっ、朝倉？」

気のせいか、少し過敏に反応した朝倉。

うん、という歯切れの悪い返答に「そんな訳ないだろ！」と乱暴なツッコみが入る。

「朝倉くんのトスは、後ろ向きにやるんだよ！　Cクイックトスっていうんだけど、あれは難しいよね」

バレー部マネの辻さんが話を継ぐ。恐らく、Cクイックなんてやっているチームはうちくらいだろう。中学時代、見たことも聞いたこともない。

ここで伊野神うんちく第二弾！

『クイックとは？』

クイックとはセッターとアタッカーが息を合わせ、素早いトスから相手のブロックを外して攻撃する戦術である。トスの長さとバックトスかによってAからDの計四種類がある。

まずセッターが向いている方向にトスを上げるクイックをAクイック、Aクイックよりもトスが長いのがBクイック。

Aクイックをバックトスで行うのがCクイック、Bクイックをバックトスで行うのがDクイック。

通常トスよりバックトスの方が難易度は高い。それをクイックで合わせるのだから、余程の練習が必要になる。朝倉が得意としているのがCクイック。この技術のおかげで奴は『三人衆』と呼ばれているのかもしれない。そのセンスは脱帽に値する。普通はやろうとさえしないから。

以上、伊野神うんちくでした。拍手喝采！　（あれ……空耳？　耳掃除しよっと）

「い、いや……そんなことないよ」

朝倉は伏し目がちで、緊張しているのが傍目からでもわかる。組んでいた腕を戻した新城は残りの弁当を平らげ、東村と話し出す。上巣さんと佐々木さんはお互いの嫌いなものを相手の弁当箱に入れ合っている。そんな朝倉に助け舟を出すことにする。

「Cクイックってさ、アタッカーの位置見えないじゃん？　あれはどうやって把握してんの？」

「えっと……まあ、だいたいわかるよ」と朝倉。「気配っていうか……」

「気配って……忍者か！」

こいつは暗殺とかの方が向いているんじゃないか？

「なになに伊野神くん。バレー詳しいね」辻マネと目が合う。…………ポッ。いかんいかん！

一瞬心が揺れた。我が陸上部三女神に忠誠を誓っている身、邪な感情は排除せねば！

「えっと……」俺は至って冷静に言葉を紡いだ。「中学時代、バレーボールやってたんだ」

その言葉に、バレー部全員がこちらを見る。

おかずを交換し合っていた上巣さんと佐々木さんも、新城と東村も、さっきまで伏し目がちだった朝倉さえ痛いくらいの視線を投げかけてくる。

「どうしてバレー部に入らなかったの？」と辻マネ。

『部活は続けるつもりなの？』

面接の記憶が、ふいに蘇ってきて。

「えっと……まあ、なんか……なんて言うか、もういいかなって思って」

歯切れが悪い返答だなんて、よく人のことを言えたものだ。

自分が一番歯切れが悪いじゃないか。

## 8 【命の奔流】

時刻は十二時五十分。やばい……あと十分で開会式。急いで弁当をかきこむ。映像は終わり、今年のダンスコンセプト映像が流れる。

印象的なピアノの旋律が心地良い。って、これ……まさか。

「おおぉ――――――――――――――!!」

そこで流れた曲。

合唱コンで毎年取り合いになる大人気合唱曲！　こんな偉大で神秘的な曲をバックにあろうことかダンスを踊るとは！　いつの間にか大合唱が始まる。

歌はともかく肝心のダンスは、円になったり手を掲げたりしている。これを踊ると言われても全くイメージが沸かない。とりあえず時間もないし、細かい点は後で覚えればいいか。映像では数人の男女が二列に整列している。

そして俺たちと同じように声高々と歌っている。

なら俺たちも歌えばいい。ダンス止めて合唱にしよっか？　部長権限をここに行使する！

「お前たち、歌ってないでダンス見ろよ！」と堂場顧問。その声は無情にも俺たちの臨時合唱によってかき消される。

映像のダンスは横二列に並んで、それぞれの列の中央にいた女子が徐に列から外れてまっすぐに歩き始める。男子はしゃがみ込み、祈るようなポーズをとる。列から外れた女子は天に向かって広げた掌を掲げ、天にいる神様と握手をした後、ゆっくりと手を下す。

そしてダンサー全員で大きな円を描くように舞い始める。息ぴったりなその演技にただただ心を奪われた。

これをやるのか？　俺たちが？　あのホムフェスの熱狂の中？

曲はサビを二回繰り返し、フィニッシュを迎えた。映像が終わっても熱気は冷め止まない。合唱コンでも人気が高いこの曲でダンスをやるということで、今からモチベーションが上がってきた。しかし、ちょっと難易度高すぎやしませんか？

「曲の最後、サビを二回繰り返すところなのだが、ここは両部に任せる。フリー演技だ。期待しているぞ！」と寺坂顧問。気のせいか、すごいウキウキしているぞ……。

曲名【命の奔流】。俄然やる気がでてきた。バレー部と陸上部の絆の強さが試される。

やってやろう、まずは基本的な動作からだな……って、もう十三時じゃん！

「よおし！　全員体育館へ急げー」と堂場顧問。その声に急かされるようにして最後のお米一粒を口に入れ、弁当箱に蓋をした。ごちそうさまでしたと言って箸を置く。

曲の余韻が耳の奥でささやくように、いつまでも聴こえる気がした。

## 9　管理人

時刻は十三時十分。体育館。体育シューズに履き替えて中に入るとピカピカな床が出迎える。ほとんど使われず、掃除だけが行き届いているので汚くなるはずがない。ステージ前に整列した俺たちを見計らって堂場顧問が話し出す。

「ではこれより、合同合宿開会を宣言する。一同、きをつけ！　礼！」

「**お願いします！**」

ユニゾンが館内にこだまする。それが収まる頃合いで、一人の男の人が俺たちの前に出てくる。ピシッとしたスーツを着た少し年配の人だ。丸メガネがインテリ感を醸し出し、ほんの少しだけどちょい悪感も滲み出る。

「では紹介する」と堂場顧問。「天海島校舎の管理人を務めていらっしゃる、尾形正夫さんだ」

「尾形です。どうぞよろしく」

物腰柔らかくお辞儀をする尾形さん。うちの顧問とは正反対の人物だ。

「尾形さんは管理会社で勤務されている。今回のような課外活動では主にお前たちの身の回りの世話などを引き受けて下さる。合宿中決して失礼のないように、いいな！」

堂場顧問の言葉に大きな声で頷く俺たち一同。続いて、尾形さんの挨拶に移る。格好のせいでベテラン執事にしか見えない。

「みなさん、遠路はるばる、ようこそ天海島へ」と尾形さん。やはり慣れているのか、言葉の間隔が絶妙で落ち着きを感じさせる。見習いたい、是非。「今回の合宿はダンスの練習だそうですね。皆さんが伸び伸び練習できるよう、サポートして参ります。ぜひ、素晴らしいパフォーマンスを見せてください。体育祭は私も楽しみにしています。まだ学校の名前が杵憩学園だった頃、私も皆さんと同じように汗を流していました。遠い日の思い出が蘇るようであります。是非、いい思い出をつくって下さい……」

ということは……尾形さんは俺たちの大先輩に当たるんだな。これは粗相《そそう》がないようにしないと。その時、彼の目がすうと流れ、ある人物に向けられた。

「特に奇抜なTシャツの君と……」

『I　HAVE　A　DREAM』先輩があけははと照れ笑い。何故褒められていると感じたのかは不明。彼の生態は未だベールに包まれているので情報求ム。

「前髪が長い君」

東村がいきなりの指名で背筋をピシッと伸ばす。

前髪をいじりながら軽く会釈している。前髪が長いのは断トツで深川だと思うけど、何故東村を指名したのかは不明。尾形さんも少々謎な感性の持ち主なのかも（早速粗相発言！）。

それにしてもなんでこの二人なんだ？　目立つ二人ではあるのは確かだけど。身長なら負けてないのに！　俺は胸を張る。

「私からは以上です。皆さん、頑張ってください」

努力空しく尾形さんはそう締めくくった。

こうして開会式は終了した。この後は夕方まで部活ならびにダンス練だ。今日のメニューは堂場顧問からもらっているから校庭にレッツゴーだ。

「よし、みんな校庭に移動！」

はーいと我が陸上部員が答える。

館内では早速バレー部がネット張りを始めている。

朝倉が丸めたネットを持ってきて、女子たちがボールの準備をしている。東村と新城は支柱の準備でもしているのだろう。

「部長」と岡本。「砲丸、部屋から持ってきますね」

「ああ。急いでな」と言って岡本を送り出す。体育館シューズを脱いで館内を振り返る。

ステージ近くで堂場、寺坂両顧問が話している。

その横で尾形さんと国枝さんが話していた。何の話だ？　まさかナンパ？　ぐぬぬぬ！

すぐに目をそらし大きく息を吸う。外からの気持ちのいい風が、仄かに沸いた感情を優しくなだめてくれた。


時刻は十三時四十分。

各自ウェアに着替え準備等をした後、我が陸上部は天海島校舎の校庭に集結した。都心のじめじめした暑さとは違い、からっとした陽気に包まれた天海島。フェンスの向こうには鬱蒼とした森。その木々たちがせっせと光合成をしている。美味しい酸素が肺いっぱいに広がる。自然に囲まれたここで過ごせる時間を大切にしたいと思った。

「あれ？　国枝さんは？」と俺。「まだ準備中？」

「ああ、真希なら」と林マネ。短パンから覗く足はなぜか真っ白。「お手洗い。呼びにいく？」

「いやいや、それは色々ヤバいからもう少し待とう」さすがにそこまで鬼じゃないし……うん。

「ぶちょー」と平田先輩。短距離ウェアはスケスケで。きっと通風性と速乾性に優れているんだろうけど、相手によっちゃ公然わいせつ罪適用だ。そのウェアにも例によって言葉がプリントされている。それは以下の通り。

『一走入魂。その走りは脱兎の如く。望むままに走れ。昨日のお前を越えろ』

脱兎って……何か盗んでそうなニュアンス。なんか先輩らしいけど。

「今日のメニューは？」

　今日のメニューはアップしてストレッチ、ドリル（股関節を動かすなど各自ケガ防止で行うエクササイズのようなもの）の後、軽く走り込んで体を温め、専門練習、その後締めの三〇〇メートル走で部活は終了。その後ダンス練。

「うげっ、三百やるんですね」と岡本。彼は投擲専門なので走るのが苦手なのだ。

「岡本ー。投擲も足腰重要なんだから頑張れ。俺についてこられるように」と深川。お前についていければ短距離に移った方がいい。岡本は軽く頷く。この体型で足が深川並みとか絵面がシュールすぎる。

「あ、来たよ真希」と林マネ。視線の先には校舎から出てきた陸上部第一の女神が。

「ごめんみんな！　おまたせ」

「よーし！　陸上部、活動開始だ！」

　俺たちは歩き出し、アップをスタートさせた。

　校庭をぐるりと回る。初めは歩き。深川と平田先輩はこの間、バトンの練習。深川が渡して先輩が受ける……それを何度も繰り返す。

『腰を曲げすぎなんだよ』

『はい……』

『お前のオープントスは筋がいいが、それだけじゃ攻撃がパターン化するだろ？　もう少し二人みたいにバックトスもできてもらわなくては困る』

『はい……』

体育館前を通るとバレー部の練習風景が見える。新城がトスについて寺坂顧問から指摘を受けている。セッター三人衆、そのレギュラー争いが勃発中らしい。朝倉大丈夫かなと思いながら、軽く走り出した。

## 10　内に秘めたるものは

軽く体操をして、六割くらいの力で走り込む。心地よく脚が動く。風を切る感覚。

入部以来、何度も経験した感覚。

それなのに環境が変わるだけでこんなにも違って感じるとは。

まるで風と友達になったみたいな感覚。澄んだ風が素肌を撫で、呼吸の度に体を満たし、体内のありとあらゆる穢れや悩みを取り去ってくれるような不思議な感覚。

同じクラスの女子に対する漠然とした憧れ。

放課後、肩を並べて帰り道を歩くカップル。

付き合ってみたいとか、別にそんなんじゃない。

ただ……ただ……なんだ？

自分の中にある子供じみた思いがたまらなく嫌で。汚物と一緒に外にでてしまえばいいのに。変わりたいと思いつつも行動を起こせない。そうしたら自分が変わってしまうようで怖い。それならそんな思い捨ててしまえばいいのに！

「……ふぅ！　はあ！　はあ」

走り込みが終わり、徐々に減速していく。

どくんどくんと波打つ心臓。

『やった！　二泊三日で国枝さんや林さんと一緒にいられる。バレー部の辻さんも可愛いな。あわよくば連絡先交換できたりして』。

次の瞬間、感情は掌を返したみたいに変わってゆく。

『どうせ俺はうまく話せない。昼の時もそうだったじゃないか。彼女なんて出来っこない。そう思っておけば本当に出来なかったときショックが小さくて済む。いいさ、勝手に彼女でもなんでも作ればいい。俺は他の奴らとは違う』

「はぁ……はぁ」

『上げろっ！』

バシンっというボールをレシーブする音。体育館から威勢のいい掛け声が聞こえてくる。中学生に戻ったような感覚。ネットの前でブロックの態勢を取る自分が明確にイメージできる。

『もう一本お願いします！』

『バカたれ！　試合じゃもう一本もクソもあるか！』

『ハイっ！』

『セッターだからレシーブ甘くてもいいのか？』

『いいえっ！』

『バックトスだけやっていればいいのか？』

『いいえっっ！』

『わかってんなら基本をしっかり覚えろ！』

『ハイっっ！』

うわー東村がシゴかれている。どこのバレー部顧問もおっかないよな。くわばら。

ふと空を見る。澄んだ青空。所々に黒くて厚い雲。それはきっと雨雲。それは俺の心そのものだ。俺は自分が嫌いだ。いくじなしで、優柔不断で、自信がないのに願望だけは高いこの伊野神けいという人間が。

時刻は十四時十五分。アップメニューが終わり、一回集合をかける。

「今から一時間半、十五時四十五分まで各自専門練習。その後三〇〇一本やったらダンス練！」

と言った俺の言葉に頷く部員たち。そして各自が各々の専門競技の練習に入った。

「さて、と」

俺は砂場を見る。今日は三段跳びのステップの姿勢練習を中心に組むかな。

ステップは三段跳びの真ん中に位置するジャンプ。ここでいかに姿勢を崩さず跳ぶかで記録が雲泥の差となる。俺はもともと猫背気味なので姿勢が前傾姿勢になりがち（踏切位置を見てしまう癖も若干あり、これも前傾姿勢の原因になっている）。

助走レーンに入る。地面とは違い、トラックみたいにゴム状になっているのでスパイクのピンを専用のものにつけかえる。メジャーを引いて自分の助走スタート地点にテーピングを貼る。そして約十歩で通過する地点にもテーピングを貼る。

その時、林マネがストップウォッチを握りしめてこちらに駆けてきた。

「ごめん！　今から真希のラップを測るから補助は後で入れたら入るね」

「うん！　こっちは大丈夫だよ」

補助と言っても、俺が荒らした砂場をグラウンドレーキ（俗称トンボ）で均すくらいしかやることがない。それくらい自分でやれやという話である。はい、ごもっとも。

「じゃっ！」と林マネ。翻って国枝さんが待つスタート地点へ駆けて行った。そして「雷管鳴らしまーす！」と大声で叫ぶ。**はーい！**　と他の部員が返事をする。

バーーーーーン！　という空気を揺らす音がして、陸上部第一の女神国枝さんが『トラックの格闘技』と称される八〇〇メートル走を開始した。

「ファイトー！」

「国枝先輩ファイトォ！」

「ラップ十秒ー！」

皆が掛け声を上げる中、俺はグラウンドを眺めてみる。トラックは一周約二〇〇メートル。ちなみに俺たちが通う学園のトラックは一周四〇〇メートル。

「二〇〇メートル！　ラップ三十五秒！　ファイトまきぃ！」

お、まあまあのペースだ。国枝さんはトラックを一周して二週目に入る。このペースでいけば四〇〇ラップが一分十秒。ぎりぎり先頭についていけるタイムだ。ここから詰められれば県大会予選突破も見えてくる。

「国枝さんファイトー！」

半分を通過した辺りから乳酸が溜まり脚が動きにくくなってくる。国枝さんの表情もきつそうだ。今は一人で練習しているけど、試合は他の選手もいる。ペースメーカーがいるとやりやすい反面、接触する可能性が高くなる。特にコーナー取りは肘鉄当たり前の『格闘技』と化す。国枝さんは華奢なので一年生の時はよく転倒して悔しい思いをしていた。その時の悔し涙は可愛らしさも相まってまさにヒロインの――（自主規制）。

「さて、他の奴らはどうかな」

## 11　三〇〇メートル流し繋ぎ五本の刑

国枝さんが走るトラックの内側で、その大男は六キロの砲丸を軽々と放り投げた。それは綺麗な放物線を描き、地面にめり込みワンバウンドした後、ころころと転がって止まる。

岡本重造。一年生にして貫禄は三十代のベテラン選手のよう。

十代に見えない彫りが強い顔。

丸太のように太い二の腕。

オリンピック選手と並んでも遜色《そんしょく》がないほど、そのスペックは既に高校生を凌駕《りょうが》している。

「砲丸投げまーーーーーす！」

「はーーーい！」

図太い声は風に乗って辺りにこだまする。

そして砲丸は投げられた。

ずごん！　地面にめり込む音。推定距離十五メートル。ちなみに新人戦でこの距離を投げたらほぼ優勝間違いなし。しかも奴はアップでこの距離を投げる……やっぱり人間じゃないかもという一縷の疑問が沸き上がった。

「よし……俺もいくか」

短パンを脱いで、赤色のショートスパッツ姿になる。軽く太ももを叩き、筋肉を温める。

ふと見ると平田先輩と深川がバトン練習をしていた。

先輩は引退しているので公式戦はないが、ホムフェスで部活対抗リレーというものがあり（毎年、我が陸上部が二位に大差をつけて優勝している。まあ当たり前か）そこで深川とバトンパスをするのでその練習だろう。

バトンを持った深川が合図をする。先輩も軽く手を挙げて合図をする。準備完了。

そして大きくスキップをするようにしながら深川が走り出す。ぐんぐん加速。韋駄天《いだてん》の如くと言ったら誇張《こちょう》かもしれないが、前傾姿勢で走る姿はうちのエースの名に相応しい。先輩との距離が狭まる……そして今！　先輩が加速を開始する！　追うものと追われるもの……両者は近すぎず、遠すぎずの絶妙な『間』をつくりだす。

まさに一瞬、そこに芸術があらわれる。

「……はいっっっ！」

深川の掛け声。それに呼応するように先輩が左腕を大きく背後に伸ばし、掌を深川に向ける。芸術的なバトンパスの瞬間だ。バトンは見事に深川から先輩へ。

「あー、ちょっと詰まったな。俺が遅いのか。お前……速くなったな……」

両者減速して立ち止まり、肩で息をしながら先輩が言う。

「……そーいうことっすよ。では……三〇〇流し繋ぎ五本の刑……いっちゃいますか」

「おいおいおい！　俺、引退してるの。殺す気かお前？」

「まあまあまあ」

そう言って先輩の肩を叩く深川。先輩には同情する。

三〇〇流し繋ぎ五本。まず、三〇〇メートルを走る。そして流しで脚を止めることなくスタート地点まで行き、休む間もなくまた三〇〇メートルダッシュ。これは我が陸上部の鬼メニューランキング不動の一位だ。南無阿弥陀仏……。天空の主よ、アーメン。彼らに安らかなる時を。

「先輩ファイトー！」休憩中の国枝さん。その前を鬼の形相で走る先輩と深川。林マネがラップを叫ぶ。

いつもの部活動の風景がそこにはあった。

この部をまとめるのが、伊野神けい。俺だ。

何だか誇らしい思いがこみ上げてきて。

俺は胸を張って助走をして、砂場に特攻した。


時刻は十七時五十分。

夕日がすっかり辺りを包み込んでいる。波のさざめく音とカラスの鳴き声が聞こえる。締めの三〇〇メートル後のダンス練はかなりキツい……これはアイシングでもしておこうかな。ぐぅぅぅ……おっと、お腹が不機嫌な音をあげた。

ダンス練はとりあえず映像を何度もみんなでチェックした。

そして見よう見真似で踊ってみたところで部活終了時間になった。練習期間は残り一日と半日（最終日は午前中に発つ予定）……それなりの形にしないとな。

「よっし、じゃあシャワー浴びて教室で夕飯！」

「ん……？　おっ！　おい伊野神！　見てみろよバレー部もうシャワー浴びたみたいだぞ！」と深川。「激写だ伊野神！」

バレー部がプールにある更衣室から出てきて南廊下に向かっていた。

「え……？　何を！？」と俺。いや俺よ……本当はわかっているんじゃないのか？

「よし。深川と部長は後方待機、岡本よ。思い切って佐々木ちゃんにアタックだ。その隙に先輩たちが然るべきことを実行する」と平田（敬称略）。

大丈夫か……？　林さんが殺意すら感じる目線を送っているけど。

「えー無理ですよ先輩！　緊張して話せません」と岡本。真面目に答えんでいい！

と、そういえば。

「国枝さんは？」

「………………え……あぁ、ごめん伊野神君。何？」

そこにはいつもの林マネ。赤縁メガネと夕日が同化する。

「真希？　えっと、堂場先生に課題？　を出しに行くって」

課題？　なんか宿題あったっけ？

それにしても国枝さん、合宿中だぞ？　真面目ガールじゃん。文武両道ならびに第一の女神とか何の漫画かアニメのヒロインですか？

そんなこんなで。

俺たちは一日目の部活動を終えた。夕日が照らす校舎はオレンジに染まり、普段は聞こえない波の音が別世界を演出しているようで、心が躍った。

12　「俺は今、何を期待した？」

部活終了後、部屋へ戻ってタオルやら下着やらをもって更衣室へ。更衣室は東館から南廊下を通った先にある。プールサイドに併設されていて、中には浴場が完備されている。今から汗を流しに行くのである。パンフ情報によると浴場は大理石で、一言で言ってしまうと銭湯みたいなものだ。何度も言うけど、さすがは我が学校。プールから上がって湯舟で一息とかもはや旅行じゃん……。

先を歩く深川の後を追う。いつの間にか平田先輩と岡本も合流している。辺りを見るけど女性陣は一人もいない。そりゃそうだよね……。はあ。

たったっ……。たったっ……。

「…………？」

どこかからそんな音。誰かが階段を上がる音か？

背後を振り返る。東館二階への階段はここからでは見えない。

「おーいぶちょー」そんな声がして振り返ると平田先輩。「置いてくぞー」

「あ、はーい」

先輩を追って南廊下へ。

外に出る。夏とはいえ汗で冷えた体が一瞬ぶるっとする。

夕日がさらに辺りを包み、少しずつ夜の帳が降りている。何故浴場を完備する予算があるのに渡り廊下を屋内にしなかったのか？　これは杵憩舞七不思議にノミネート決定。

誰もいない校庭に目を向ける。ひっそりとした校庭は神隠しが出そうな雰囲気。びゅううと一陣の風が吹く。それは何だか湿っぽくて。夕口に照らされた空に大きな黒い雲が広がっているのが見えた。

時刻は十八時三十五分。

シャワーもとい銭湯で汗を流した。これで冷蔵庫に牛乳でもあれば最高の旅館なんだけど。

湯舟は豪華なエメラルドグリーンで。小さい泡が全身を包む感覚、それになんといっても湯舟で足を伸ばせることに感激した。こんな体験、久々だ。明日も堪能しよう。もしかしたらこの世のありとあらゆる幸福の中で、地味に上位を占めているのではなかろうか？　(俺は身長一八〇越え！　しかも脚が長い！)

深川たちはまだ入っている。俺はあまり長風呂は好きではないので、一足先に出て銭湯を後にした。

「うわっ、さむ！」

言わんこっちゃない！　南廊下寒すぎ！　湯冷め確率百パーセント。

辺りはすっかり夜の帳が降りている。闇夜の中、切れかけた裸電球が辛うじて廊下を照らす（お金の使い方が下手くそすぎる）。

早歩きで東館へ急ぐ。と、その時。

「…………」

「あっ」

思わず声をあげる。そこには国枝さんが。ちょうど東館から廊下に出てきた所だ。タオルを持っている。

「今からシャワー？」

「え……う、うん」

気まずそうな返答で気づいたことがある。これは聞いてはいけない質問だった。オーマイゴッドバード！

「あ、ごめんね……」

慌てて謝る。時既に遅し……もう貴様に私と話す権利はない。去れ！　ぎゃふん！

「ううん、いいの。あのね……伊野神クン」

「………」

え？　何？　まさか……いや、まさかな。え？　まじで？

「さっき先生からセクハラされたの」

「…………………………………………………………………」

あの腐れド変態ハゲてないけどハゲオヤジめ！　ついにその本性を現したか！

「………ぷっ、うっそ～！　ばいばい！」

そんな言葉と、仄かな残り香をその場に置いて……国枝さんは寒そうに肩を丸めながら銭湯へと向かった。残された俺。風通しが良すぎる南廊下。闇夜の中、空気を読まない湿った風。もうとっくに体は冷えていた。

「俺は今、何を期待した？」

空回りしたこのときめきは、いつの日かこの身を切るナイフになる。

いたずらに俺の心を惑わせないでくれ。いや、惑わされる俺がいけないのだ。

## 13　凪《なぎ》

時刻は十九時ジャスト。

ここは一－一。

昼食をとったこの教室で夕食。我が陸上部は出されたトンカツ弁当を雑談を交えながら食べている。バレー部は、あれ……一人足りないぞ。

「朝倉、東村は？」

「……ん？」朝倉は真っ白な顔で黙々と箸を動かしていた。「……なに？」

「お前、大丈夫か？　顔真っ白だぞ」

「あ……うん、大丈夫だよ」

練習きつかったのかな。心中、お察しします……。

「東村は、脚痛めたっつって保健室で休んでる。今日、しごかれていたからな」

横からそう言ったのは新城。風呂上りでオールバックが冴える。

「え……うそ」と反応したのは上巣さん。「綺羅くん……そんなにひどいの？」

上巣さんのこの慌てよう……それに下の名前で呼んだこと。なるほどね。しかも新城の表情が険しくなった……ドロドロ人間関係が顔を出す。我が陸上部にはないよな？

「確かに……」と辻マネ。黒髪がポニーのテールじゃない！　心が張り裂けそうだ！　「千手観音炸裂だったもんね」

千手観音？　俺が疑問を口にすると辻マネが解説してくれた。

『千手観音』は寺坂顧問の異名。

その猛烈なしごきは、まるで千の手がボールを打ってくるかの如く、らしい。

バレーボールにおけるしごきは、全スポーツの中で一番理不尽だと思う。

基本的に顧問が投げたボールは上げにいかなくてはならない。少しでも気を抜こうものなら、ボールが顔面を容赦なく射抜いてくる。それは外野でボール拾いをしている下級生も例外ではない。右へ左へ容赦なく上げに行かされ、いつしか呼吸すらきつくなる……ああ、思い出しただけで寒気がしてきた。

「千手観音の怒りは、祈ったって止んでくれないから」こんな洒落たセリフを言ったのは新城。

ぐぬぬ……（なぜかライバル視）。

「知子ちゃんは平気だった？」

「はい……なんとか。突然の指名でびっくりしましたけど」

佐々木さんにも容赦なしか。第一印象は気さくな感じだけど、どうやら化けの皮らしい。

「でも東村センパイよりかはきつくなかったと思います。センパイ、大丈夫かな。かわいそう」

「ならさ……」と新城。「朝倉、めし持って行ってやれよ」

「……う、うん。わかった」

朝倉は箸を置くと教卓の上に置いてあったトンカツ弁当を持って教室を出て行った。時刻は一九時五分。

「にしても……」と深川。「良かったな。陸上にしごきがなくて」

「いや、あるわ！　今日の流し繋ぎがしごきじゃないなら、あれは何だ!?」

平田先輩の猛抗議に、深川は澄ました顔で。

「あれはアップっす！」

「嘘つけ！　お前だって吐きそうだっただろ！」

先輩のパーカーには『ＯＮＥ　ＦＯＲ　ＡＬＬ』とかいう文字が。この人、どんだけメッセージもの好きなんだよ。意味わからん。

「違います！　あれは吐きました！」

「ずごーん！」

教室は笑いに満ちる。このコンビは放っておくしかない。俺は朝倉の弁当箱の上できっちり揃えられた割り箸を見ていた。トンカツにはソースがかけられ、ソース入れには半分くらいのソース。こだわりなのかもしれない。

朝倉はすぐに戻ってきた。ちなみに保健室は中央館一階、二階への階段横にある。

その後、弁当を平らげ雑談。ホムフェスのこと、ダンスのことなどなど。バレー部もダンス練はほとんど動画を見るだけで終わったらしい。勝負は明日からだな。

　時刻は十九時二十分。朝倉が保健室で休む東村が食べた弁当の空箱を持ってきた。

「なんだ、食欲あるなら全然大丈夫だな」と平田先輩。いや、別に体調不良ではありませんからね。食欲と脚の痛みには何ら因果関係が……（自主規制）。

空の弁当箱を見る。確かにピッカピカだ。ご飯粒もトンカツもきれいさっぱり平らげている。

「弁当、すげえきれいに食べたなあいつ」

新城がそう言って朝倉から弁当箱を取りあげ、ごみ袋に入れた。

時刻は十九時三十分。夕食を終え、俺たちは教室を出た。

びゅうううううううう。

風が窓を揺らす。廊下は不気味な静けさに包まれていた。

## 14　有終の美

時刻は二十時四十五分。ここは俺と深川の寝室である一‐二。ダンスビデオを見ながら明日の準備をしていた時だった。

「バレー部の東村がどこにもいないらしい」

血相を変えて教室に入ってきた堂場顧問はそう言った。

「えっ」思わず声を呑む俺。東村は確か……。「彼なら保健室で休んでいるんじゃ？」

「ああ。だが、同じバレー部の上巣が保健室に行ったところいなかったらしい」

確か夕食が終わったのが十九時三十分。その前に朝倉が保健室に弁当を届けている。その時にはまだ保健室にいたと思うから、その後にいなくなったということか。

そのことを顧問に言うと訝しむようにうーんと低く唸る。

「一人でか？　それなら疑うわけではないが、嘘をついている可能性もある」

「それはないと思いますよ」俺の背後から深川。イヤホンを耳から外して一歩前に出る。「あいつ、空の弁当箱持ってきましたから。ご飯粒一つ残ってませんでした」

「そうか……」顧問は納得していない様子。「とりあえず、今日はもう遅いから探したりするなよ。もし見かけたら速やかに報告するように。それと、悪いが他の部員に伝達頼む」

そう言って、堂場顧問は去っていった。足音が段々と遠ざかっていきやがて聞こえなくなる。

「あいつ……どこいったんだろうな」と深川。「行く場所なんてないよな？」

そう……ここは天海島。絶海の孤島。

島にはレジャー施設なんてない。いるとしたら学校内としか考えられないが……。

俺は夕食後のことを思い出してみた。

回想開始。

十九時三十分からは部屋で荷物整理をしていた。深川も一緒だ。

そして二十時。西館二階の多目的室でのミーティング。

部員全員が顧問を交えて円になり、今日の反省と明日の予定を確認した。

『深川。三〇〇流し繋ぎはラップ一分が目標だ』

今日のメニューの記録を見ながらぼそりと一言。深川は低く頷く。

『平田に追いつかれるようではリレー外すぞ』

その言葉を受けて複雑な表情をしたのは平田先輩。それは先輩のための言葉ではなくて、深川のための言葉だから。

『伊野神』そして矛先は部長である俺に。『ダンスの進捗はどうだ？』

『はい……』

映像を何度もみんなでチェックして、見よう見真似で踊ってみたところで部活終了時間になったことを端的に伝えた。

『そうか……わかった。ソロパートがあっただろ？　誰がやるんだ？』

『えっと……まだ決まっていません』

『なら今決めるぞ。誰か、立候補する者はいないか？』

静寂。部屋の空気がすぅっと研ぎ澄まされる。部員たちを見るが、みんな視線を床に投げかけている。そりゃそうだ……誰が好き好んでソロなんか。

『…………』

まずい……ここはいくしかないか。——と思った時。

『自分、やっていいですか』

ピシッと上がった腕の主。

それは……平田先輩だった。

『平田だけか……他にはいないのか？』

その言葉にピシッと手を挙げたつわものが一人。

『あの、私……』と林さん。赤縁メガネのレンズが明かりを反射して一瞬無表情、さながら能面のようで。『先輩は引退しているんで、現役メンバーの中から決めた方がいいと思います』

『………』

口を閉ざす先輩。引退の有無はあまり関係ないと思うが……。それに、先輩がやる気なのにそれを制してまでソロを踊ろうなんて思わない。

『誰もいないなら……いいんじゃないか。なら平田、決意表明をしてもらおうか。それに納得できれば安心できるだろう、林？』

小さく頷く林さん。隣に座った国枝さんが心配そうに見つめる。その横顔たるや……！　うっぷす、脱線。

『えっと、緊張するな……あ、お疲れ様です。平田です！』

口火を切る先輩。みんなでお疲れ様ですとユニゾン。一拍置いて続ける。

『今回立候補したのは……みんなが羨ましかったからです』

羨ましい……平田先輩がそんな言葉を使うなんて！　これは嵐到来か？

『僕は先月の地区大会で引退しました。少し悔しさが残る結果でした。本来ならこの悔しさをバネにして次の大会に備えるのが普通ですが、もう次の大会はありません。なので、来月のホムフェスで有終の美を飾りたいという思いが強まりました。部活対抗リレーを頑張るのは当たり前です。それなら他に何か熱中したい……そんな時合宿の話を聞いて今回参加させてもらいました。ダンスは新鮮でした。みんなが羨ましいと思いました。だから、そんなダンスで……主役をやってみたい、ソロを踊りたいと思って立候補しました。僕にとって最後のホムフェスです。どうか……最後に主役を張らせて下さい！　お願いします』

スピーチが終わり、俺たちは拍手で先輩を称えた。まったく……先輩には勝てないな。色々な意味で先輩は主役ですよ。

『ありがとう。わりーな。でしゃばって』

こうしてダンスのソロパートが平田先輩に決まってミーティングはお開き。

これが約十五分前、二十時三十分までの出来事。

回想終了。

「ダンスのソロさ……」と深川。「部長がやると思ってた」

「俺も覚悟したよ。でも先輩の方がやりたい気持ちは強かったみたい」

「でも凄いよな。後輩たちに混じって、しかもソロを踊るなんて。俺にはできねーわ」

「そうか？　深川ならやりそうだけど」と俺。「来年も合宿あるなら行くでしょ？」

「いかねーわ！　誰が好き好んで合宿なんかに！　引退したら俺はぜってー彼女つくる！」

前髪をひらひらさせながら、好きなタイプを語りだす深川。

話を聞くフリをしながら、改めて平田先輩の底なしのハングリー精神を感じて、俺にも真似できそうにないなと思った。

## 15 『──貴方は私に何をお望みで？』

時刻は二十一時。一日が終わった。

寝室である一 - 二の窓がガタガタと揺れる。

部屋の照明のせいで外の様子は何も見えない。

ゴーッという あの音は飛行機の音か。たとえ騒音被害があろうが、それを訴える住人がほぼいないため、問題として挙がることはないのだろう。外国の基地があるわけでもないし。

視線を黒板へ。

まるで一度もチョークの味を知らないとばかりに清潔な姿を保っている。そのチョークは綺麗な円柱のまま。かつて響いていた黄色い声は、今はもうなくて……。そんな教室に泊まるのは何だか新鮮でワクワクする。明日から本格的にダンス練だな。

「よし、布団でも敷くか」

深川は教室の後ろにある掃除用具入れから箒を出して床を掃き始める。

こういう几帳面なところあるんだよなあ（ちなみに俺はB型）。

手伝えという声を右から左に受け流した後、俺はスマホのＳＮＳを開く。

『お疲れ。こっちは無事に一日目が終了。ダンス練はとりあえず映像見てイメトレ中。去年のバスケ部みたくやれればいいかな。明日も練習の指揮よろしく。あと……ダンスでソロパートがあるんだけど、平田先輩に決定（笑）。やっぱ先輩には敵わないや。そっちはどう？』

あて先は副部長の松井。種目は短距離。現在我が部の短距離ランク上位の三人が高城、深川、そして副部長の松井だ。上位二人は先輩の代からリレーを走っている。それを悔しそうに応援していた彼の心情は推し量るまでもないだろう。

先輩たちが引退後、控えだった松井が選ばれ、顧問は奴を副部長に任命した。それは大役を担わせることで成長を促す意味を込めてうんたらかんたら……。そして、何故この伊野神けいが部長に選ばれたのかというと――。

『おつかれ。こっちは相変わらずだよ。へー、先輩がね。ていうか、先輩ダンス経験あるの？　まああの人のことだからないよな（笑）留守番は適当にやってるから、安心してダンス練してもらっていいよ。あと、結果楽しみにしているからな』

おっと既読はや！　これは県大会予選より緊張してきた……。何でもいいから形にしないと。先輩、大丈夫かな。信じるしかないんだけど。

その後、適当にメッセージをやり取りした俺は、教室を出ようと立ち上がる。いつの間にか綺麗な布団が敷かれていて。こいつ、主夫にでもなる気か？

どこに行くのかと聞かれ、東村の件を部員に伝えると言った。

「それ……SNSでよくね？」

「ああ確かに」

どうしよっかな。一瞬迷ったが……ここは部長としてしっかり責任ある行動をしよう。

「まあでも、直接言った方が確実だし。行ってくるよ」

そう言って教室を出る。ひんやりとした空気が全身を包む。目の前には一‐六。平田先輩と岡本の部屋だ。明かりが漏れているので中にいるだろう。ノックしようとして――。

「どうせ戻ってくるから、後で良いか」

それなら先に遠い方に行こう……俺は二人の寝室をスルーして東館三階の女子たちの部屋に向かうべく階段を上がった。


「え、ほんと!?」

東館三階。三‐一。時刻は二十一時十五分。

出迎えてくれたのは林マネ。紺のスエットというザ・スタンダード。たとえそれが定番だとしても悪戯に胸がかき乱される。幼稚で、浅はかで、もう救いようがないじゃないか。

「どっかで上巣ちゃんと密会してんじゃないかしら？」

「ああ……やっぱそうなんだ。夕食のときの？」

「うん。あんなの、付き合っているアピール丸出しだよ」

さすがは女の子同士、そのアンテナは伊達じゃない。

でも、下の名前で呼んだら誰だってそう思うだろう。密会か……それはあり得るのだろうか？

「上巣さんが保健室に行った時には、もういなかったらしいよ」

「えー嘘だよ。きっと」

「即答！　その根拠は？」

「だってさあ、いつもの学校と違って人も少ないし、会うには絶好のチャンスだと思うけどな」

「ふーん。そんなものなんだね」

「伊野神君は彼女いないの？」

「え……うん、いないよ」

直後、俺の口は開かなくなった。

何か続けようとすればするほど言葉は虚無に消えていく。

頭が真っ白になる。第三の女神のオーラが神々しくて。その御前《みまえ》では俺なんて下等生物。天空の主……これが試練なのですか。

そうだとしたら貴方は――。

「それなら出来たらわかるよ。ファイト！　部長！」

そう言って。

俺の気持ちなんて見えない塵の如く吹き飛ばして。

第三の女神は慈悲深い笑顔を浮かべて自室に引っ込んだ。

三‐一のドアは、俺の全てを拒絶しているかのようにピッタリと閉じられた。

## 16　見えないフィルターを少しでも粗いものに

東館の階段を下りながらふと考えたことがある。俺はどうしてこんなに消極的なのだろうか？

彼女がほしいとか思っているわけじゃない。ただ、もっと本音で誰かと話したいだけだ。思ったことを全部言ってしまうのは考えものだと思うけれど、思ったことの半分も言わないのは絶対損をしていると思う。

例えるなら、見えないフィルターを通している感覚。これを意思の疎通と言って良いのだろうか？　もっと話してもいいんじゃないかと思う。フィルターをもっともっと粗いものに変えてもいいんじゃないかと思う。それくらいが丁度いいのではないかと思う。

もっと積極的に話して、時には冗談でも言って周囲に笑いをもたらすような大人になりたい。そんな未来の目標を立てたところで、東館一階に着いた。時刻は二十一時三十分。

階段横には一‐五。バレー部男子の部屋。朝倉と新城はどう過ごしているのだろう。気にはなったが、もう遅いので訪ねるのは止めておいた。その隣、一‐六をノックする。

「…………」しばしの沈黙の後。「はーい」

そんな女の子の声……え、女の子？

次の瞬間、ドアが開かれて。中からひょっこり顔を出したのは。

「国枝さん!?」

「あ、伊野神クン！」

な、なぜ第一の女神がこんなむさ苦しい部屋に御降臨なさっているのだ!?

「ちょっと……ね」

ちょっとって……まさかの不純異性交遊？

「ダンスのこと、訊いていたの」

「誰に？」

そう言って教室の中にいた一人の『ＯＮＥ　ＦＯＲ　ＡＬＬ』とかいうナメたパーカー（失言うっぷす）を着た人物を見る第一女神。

「いや、先輩ダンス知らないですよね？」

「何言ってんだぶちょう！　俺はダンサーだぞ」

「ただ言いたいだけじゃないですか」

「いやな、岡本がソロ譲れってきかないんだこれが」

「先輩！　言ってないです。心でも言ってないです！」

岡本のツッコミセンスはこの合宿でカンストレベルまで上がりそうだ……。他に上がってほしいスキルが山積みだが。

「…………じゃあ平田先輩、お邪魔しました」

「お、おう！」

そう言って第一女神はそそくさと部屋を後にする。去った後の世界は枯れたオアシスのよう。

俺は素早く教室に入ってドアを閉めた。

「なんか……邪魔しちゃいました？」

「いや……そんなことないよ。な、岡本」

「は……はい。部長こそ、何かあったんですか？」

あ……そうだ、危うく本題を忘れるところだった。俺は東村の件を手短に伝えた。

「ほんとにいないのか？」いつになく真剣な面持ちで。「保健室だよな？」

「はい――」

返そうと思った時には、先輩は立ち上がっていた。

「先輩、どこ行くんですか？」

「確かめてくる」

「いや、もう遅いし、顧問から探すなって言われたんで勘弁して下さい！」

「部長」

先輩は。

まっすぐこちらを見て。

「あまり丸くなるなよ。言われたらお前は裸で三〇〇流し繋ぎ五本をやるのか？」

「……はい？」

「まあ、すぐ戻ってくるよ。じゃあな」

ドアを開けて先輩は、もう一回振り返って。

「あいつ……後輩のくせに女の子といちゃついているなんて、少しシメないとな！」

## 17　陸上中毒者

時刻は二十二時。

勉強のために使っている教室を占領できるのは、こんなにも高揚感があるなんて。俺は深川が敷いてくれた布団の上でストレッチをして今日の疲れを取っていた。寝支度は済んでいるので、もう寝るだけ。

「ダンス、ほんとにやるんだな」

深川がぽつりと言った。

奴も布団の上でストレッチ中。胡坐をかいて、上体がつま先につきそうだ。

しかも膝は布団とのコンタクトを絶やさず……短距離選手はこのように股関節が柔らかい。日々のウォーミングアップの賜物だ。

「そうだな……なんで？　いやなの？」

「嫌じゃないけどさ……伊野神はどうなの？」

「まあ……できれば見ていたいけどな」

「やっぱそうだよな！」

意外。深川はそういうの好きそうだけど……。

「そりゃあ、やってみたいとは思うけどさ。わざわざ合宿してまでやることか？　こんなところ来ないで、日中リレー練習してからでも良くないか？」

リレーのバトン練習を留守番の松井、高城とできなかったことを悔いているみたい。

リレーは互いの呼吸を合わせる作業でもある。練習すればするほど、相手のクセや歩幅などを把握することができるので、バトンパスの精度は上がる。やったもん勝ちなのだ。

「俺が合宿に行くなら、他の三人も来させろっつーんだよ。何考えてんだか……」

たった一日練習できないだけで、これである。深川は練習に対してかなりストイックなのだ。

今日の練習で平田先輩と鬼メニューをこなしたのも、奴の性格故なのだ。これに付き合う先輩も懐が広いというか……。

「まあ、走り込みくらいしかできないよな」

「そうだな。早いとこダンス覚えて、追い込まないと」

「………」

そのストイックさは、焦りの裏返しに見えるときがある。

深川は短距離ランク第二位。一位の高城に対して抱いた対抗心は、そのストイックさも相まって、徐々に焦りとなって彼を包んでいる気がするのだ。

「伊野神は進路どうすんの？」

「え……進路？」

ふいに投げかけられた質問。そう、俺らも二年生……そろそろ高校生活における絶対的な敵と対峙することも考えなければならない。実にシンプル……『卒業して何をやりたいの？』知るかよっ！　って言ったら進路の先生どんな顔をするだろうか。

「うーん……」

「四大行くのか？」

思案する暇もなく。

「まあ……多分な」

「お前は成績良いもんな」

「いや、別にそんなに良いわけじゃないよ」

「でも俺よりいいだろ？」

「…………………………………………………」

その質問になんて答えたらいい？

「お前は頭で大学行けんだろ。理系組だしな」

「…………………………………………」

「俺は……陸上で進学するしかないんだ。バッカだし。だから、こんなところでダンス踊ってる場合じゃないんだよなあ……」

「でもさ、案外気分転換になるんじゃないか？　息を合わせるっていう面では、バトン練習に通じる部分もありそうだし」

「…………」

神妙な顔つきになる深川。しばし何かを考えて、自慢のひらひら前髪をかき分ける。そしてそれは何事もなく定位置に戻る……意味なくね？

「気分転換、か。お前が言うなら……そうなんだろうな」

「え……納得したの？」

おう、と頷く深川。まあ納得して明日からやる気になってくれれば御《おん》の字だ。

「でも陸上は続けるんだろ？」

「……ま、まあそのつもりかな」

「おいおい何だ歯切れが悪いな！　さてはバレー部に寝返る気だな？」

「いや、それはない！　断じて！」

またスパルタ顧問に当たったらもう耐えられそうにない。俺はバレーボールとは縁を切ったんだ。来世でもやりたくない。

「部活以外でもさ、サークルとかあるじゃん？　同好会とか。ガチじゃないやつ」

「………詳しく教えてくれ深川」

「おい！　やっぱり興味あんじゃん！　この裏切者！」

俺がサークルという未知なる集団のことを知ったところで、そろそろ休もうという流れになった。時刻は二十二時三十分。教室の電気を消したら、外の闇と一体化したような感覚になった。

布団に入り、天井を見つめる。少しゴツゴツした枕の位置を直し、目を瞑る。おやすみなさい。

## 18　凪のち嵐

コンコン。

「ん……誰だ？　こんな時間に」

布団を払ってスマホをつける。時刻は二十三時三分。深川の気配が感じられない。どうやら夢の世界に旅立った後みたいだ。仕方なく起き上がり、ドアを開ける。

「あ、部長。すいません夜遅く」

「岡本……どうした？」

ドアを開けると岡本が仁王立ちしていた。暗順応しているとはいえ光が少ない暗闇の中、その姿は妖怪のヌリカベそのものだった。

「それが……」と妖怪ヌリカベ。「平田先輩があの時出て行ってから戻ってこないんです」

「あの時って、俺が東村の件を言いに行った時？」

岡本は頷く。俺が二人の寝室に行ったのは二十一時三十分くらいだった。

「保健室見に行くって言ってたよな？」

「はい……あ、あの」

そこで言葉を切る後輩。

朧げに浮かぶ表情は周囲の闇に匹敵するくらい暗く淀んでいる。何か心当たりがあるのか訊くと、意を決したかのように口を開いた。

「部長が来る前、国枝先輩と平田先輩が何か話していたんです」

「国枝さんと先輩が？」

何の話だろう？　そもそも、国枝さんが二人の寝室を訪ねたのには何か理由がある筈だ。その話をするのが目的だったのだろうか。

「話の途中で部長が来て、慌ててやめたって感じでした。そのことと先輩が戻らないのが関係している気がして」

「うーん」

「部長、探しに行った方がいいですか？」

「いや、今日はもう遅いからとりあえず休もう。きっと戻ってくるって。後輩シメに行くとか言って、一緒になって辻さんあたり口説いてんだよ、きっと」

なにせ、平田先輩だから。

筋金入りの女たらしにして、ホストランナーの師匠。

後輩の目なんて気にせず、国枝さんを誘い込んだ可能性だってある。心配するだけこっちの気が病む。

「わかりました」と後輩。幾分か表情が和らいだ気がする。「そうですよね、戻ってきますよね」

そう言って岡本は向かいの自分の教室に戻っていく。

「部長。おかげで楽になりました。明日からダンス練習頑張りましょう。おやすみなさい」

「おう、おやすみ」

後輩ヌリカベと先輩ノッポはこうしてそれぞれの部屋に戻ったのだった。

## 19　忍び寄る悪意

「ぐごおー」

隣から典型的ないびき声がする。枕が変わろうが奴は熟睡できるタイプらしい。羨ましい……この枕ヒトが寝る用に開発されていないだろう！？　硬すぎ！

「ぐごおー」

「うぅぅ」

なんだか尿意が……。

「……トイレ」

スマホを手に教室を出る。時刻は……げっ、零時！　早く寝ないと明日がきついぞ。

南廊下近くのトイレに向かう。静寂の中、上履きの音が秩序を乱す。

「……！」と一瞬硬直。

「……？」

南廊下に人影が。それはすぐに視界から消える。残像が目に焼き付く。気のせいか、髪が長かったような。

『みいたなあああああぁぁぁぁぁぁ』

こんな声がしたら女子顔負けの悲鳴を上げてやる。

すぐに南廊下に繋がるドアへ。気配を殺す。どうやら人影は去ったようだ。

恐る恐る開けてみる。外気にぶるっとする。もはや冬の空気だ。

左を見る。誰もいない。

正面を見る。プールサイドに人影はない。

右を見る。

「…………!!」

それはいた。目を凝らさないと何も見えない闇夜の中、校庭を歩いている。暗くて見づらいが、暗順応のおかげで朧げに見えたのは……。

「堂場顧問？」

＊

『……続いてのニュースです。

先程、日本近海の熱帯低気圧が発達し、台風※号が発生しました。今後も発達をしながら北上する見込みです。近海の島々では大波、大雨に警戒して下さい。繰り返します――』

二日目

# 20　天海島連続失踪事件

音楽を聴くと、その時の気持ちが思い出されて嬉しくなったり、嫌な気持ちになったりする。

きっとヒトは音楽を記憶と関連付けているから、このようなことが起きるのだと思う。

俺は洋楽が好きだ。外国語の歌詞なんてわからないけど。

これらを聴いて思い出されること。

はち切れんばかりの——『自意識』。

周囲の奴とは違うんだという——『自己顕示』。

大人になったと錯覚する——『優越感』。

非常に脆くて、少しの衝撃で崩れる心の居場所。数少ない——それは『個性』で。

時刻は七時。日付は八月十一日。合宿、二日目。

昨夜、俺は心の居場所に逃げ込んだ。トイレに行った後だ。

大好きなバンドが優しく歌っていた。そうして眠りへと落ちていったのだ。深い……眠りの世界へ。まるで自分の体が複雑な化学反応で分解されて、小さな分子になったような感覚。そうして今、再びいくつもの分子が集まって、『俺』が生まれて……。

「あのー部長？　おはようございます」

はじめに見たものは、なんと俺を喰わんと身構える巨人だった！

「うわっ！　巨人！」

「部長……寝ぼけている場合じゃないですよ！」

ね、寝ぼけて？　……だって巨人が！　巨人軍？

「おお、岡本か……」

「あ、深川先輩！　た、大変なんですよ！」

「……朝飯になったら起こしてくれい」

「……深川先輩、もう昼で顧問カンカンですよ？」

「ふんがああああぁぁぁぁぁ!?」

「うそです」

「…………………………………………………………すぴー」

「って、寝ないでください！」

そんなやり取りがしばらく続いて。

ようやく俺と深川はほんのり温かい絶対領域（布団のことです）から意を決して、もう死んでもいいという覚悟のもと、大きな一歩を踏み出した。朝の教室は、とんでもなく寒い。これでも十分目が覚めたのだが、後輩の一言が冷水をぶっかけたような衝撃とともに俺を一気に現実へと引き戻した。

「平田先輩が戻ってきた形跡がありません」

「本当に？　お前が寝た後に戻ってきて、またどこか行ったとかは？」

「いや、それはないと思います。布団が綺麗なままなんです。それに、僕は遅くまで起きてましたが、足音がしませんでした」

その言葉にすかさず深川が反論する。

「だから、お前が寝た後に戻ったんなら、お前が足音を聞くことは出来ないだろう？」

「そうかもしれませんが、布団があれだけ綺麗なんです。きっと先輩は一度も布団を使っていません」

岡本は堂々と答える。まるで得意の砲丸を投げるように。そのようにして投げられた言葉はしかし、いささか説得力に欠ける。

「岡本の主張もわかる。けど先輩が戻ってきた可能性もある。お前は一睡もしなかったのか？」

「いいえ」

「なら、お前が寝た後に戻ってきたかもしれない。そうだろ？」

「…………」

部長の俺の言葉に、仕方なく首を縦に振った後輩。なにはともあれ、先輩が現在行方不明というのは変えようのない事実みたいだ。東村のことを思い出す。あいつは戻ったのだろうか。

「ちょっと朝倉たちの部屋に行ってくる。ここで待機な」

何事かを言おうとした深川を部長権限で黙らせる。もし東村も戻っていないのなら、これはちょっと笑えない展開になる。教室の窓の外はどんより曇っている。昨日見えた雲が空全体を覆っている。一雨きそうだな、そう思って廊下に出る。

しーんと静まり返った廊下。廊下の角から誰かが不意に現れるような気がして、ぶるっと震えた。斜め向かいの朝倉たちの教室、一‐五をノックする。

コンコン。

しばらくして。

「…………あ、伊野神」

「おっす」

「……………………」

現れたのは朝倉で。眠そうに目をこする。背後を覗くと新城も起きている。寝起きでもオールバックは崩れないらしい。教室の中には……。

「あのさ、東村戻ってきた？」

その質問の答えを心のどこかで予想していたのかもしれない。あるいは、ヒトは驚きすぎるとリアクションを取る余裕がなくなり能面みたいになってしまうのだろうか。

いずれにせよ、しばし呆然とした。

「……いや、戻ってきてない」

こうして、天海島連続失踪事件が図らずも幕を上げたのだった。

## 21　黒い絶望

言葉の意味を理解するのにしばし時間を有した。

「あれから、戻ってないのか？」

「うん。戻ってないよ」

寝起きというのもあるのだろう、朝倉の返事は弱々しい。髪は寝癖で明後日の方を向き、しまいには大きな欠伸をする。あまり眠れなかったようだ。

「そうか。実はうちの平田先輩も昨夜から戻ってないらしくてさ。心当たりなんてないよね？」

「え」

次の瞬間、水風呂に入ったかのように顔を引きつらせる朝倉。構わず続ける。

「とりあえず顧問に連絡しよう。お前は寺坂顧問に、俺は堂場顧問の所に行くから」

「…………」

「……朝倉？」

「あ……うん。わかっ」

「おいどうしたんだ？」

と、そこで新城が朝倉の背後から割って入ってきた。事情を話すと、彼はこっちの顧問には伝えておくと言った。顔に似合わずいい奴かもしれない。

「じゃあ、お願いな」

俺はすぐに行動を開始した。二人もすぐに行動を開始するかと思いきや……。

ぴしゃり。

背後でドアが閉じられる音がした。周囲の静寂が、内に生まれた不安を研ぎ澄まして、今にも飛び出してきそうな感覚にとらわれる。しかし、今は連絡が優先だ。

堂場顧問がいるのは西館南の体育館。そこの一階教官室だ。ここからだと、まずは中央館を通って西館に行かないといけない。

向こうは任せるとして、中央館に行こうとしたときだった。階段を降りてきた女の子と鉢合わせになる。

「あ」

「あ、お、おはよう」

「あ、部長さん。おはようございます」

それは寝間着姿の上巣さんだった。上から下まで敬語……確か同級だった気がするけど。まあいいや。もう慣れてる。

「あ、あのさ……」思い切って訊いてみた。「東村……知らないよね？」

「……綺羅くんがどうかしたんですか？　というか、私も昨夜から探しているの」

俺と上巣さんはしばし黙り込んでしまった。もはや親密な関係を隠す気もないようだ。どうせ二人でいちゃついて（先輩曰く）いるのだと思っていた。

けれど、それは甘えだった。

何を隠そう……目の前の上巣さんの不安を押し殺したような、心の隙間から溢れ出るそれを止められなくて表情が死んでいくさまを間近で見て、とても演技には見えないから。


体育館一階。教官室。入り口で上履きを脱いで（さっむ！）、てくてくと歩く。教官室は体育館の隅に設けられていた。

「おう伊野神か。おはよう」

「おはようございます」

ノックをすると、堂場顧問が姿を見せた。

さすが教師、眠そうな表情は一切ない。部屋からむあっとする空気が押し寄せた。暖房でもつけているのだろう。

チラッと中を覗くと、ソファーがあったりテレビがあったり、わりとリッチな感じ。テーブルの上にはエナジーバーとプロテイン（しかもどちらもチョコ味）。

すぐに事情を話す。俺の話を聞きながら、段々と眉間にしわを寄せていく顧問。

「そうか……報告ご苦労さん。すぐに点呼、その後手分けして探そう。先生は尾形さんに知らせてくる。あとは頼んだぞ！」

「はい。わかりました！」

そう言うやいなや、堂場顧問は教官室を飛び出していった。部屋の主がいなくなっても、テレビは健気にニュースを伝える。

『引き続き……台風関連のニュースをお伝え……現在非常に勢力を強めながら……高波などに警戒……大時化《おおしけ》のため観覧船などは全てキャン……』

教官室のドアを、思い切り閉めた。俺は何も聞いていない……そう、なにも。

ぽつりぽつりとナニカが体育館の屋根を叩く音を半ば振り切るように、駆けだした。まるでナニカから逃げるように。

## 22　大いなる嵐の咆哮の中、微かに聞こえた上履きが床を駆ける音

中央館一階まで戻ったところで、深川たちと合流した。林さんと国枝さんもいる。二人とも手を袖に引っ込めている。朝の挨拶もせず、俺は点呼を開始する。

深川、岡本、国枝さん、林さん、そして俺。平田先輩以外、全員点呼完了。

「顧問、何だって？」と深川。「探しに行っていいんだろ？」

「うん。手分けして探すように言われた」

「なら、男子は三階を探すのはどうかな？」

提案をしたのは林さん。

理由を訊くと三階は行き来するのが面倒だから男子三人が分かれて探すのが効率的とのこと。

「まあ……確かに」と承認する俺。「そうしたら、二人は一階をお願い」

「うん、わかった！」と国枝さん。袖から手を出す。「いこ、さつき！」

そんな流れで、一階を任せることにした。

「もしバレー部に会ったら、二階をお願いするように伝えてもらっていい？」

「うん。伝えておくね。じゃあ、あとで」

林さんと国枝さんは階段横にある保健室に入った。保健室か……。

「よし、分担どうするか？」

「僕はどこでもいいですよ」

「そうだな……」適当に分担を決めた。

西館三階。スマホを開く。時刻は朝の八時十五分。話し合いの結果、俺は西館を探すことになった。ちなみに深川は中央館、岡本は東館。俺たちは中央館一階で別れ、それぞれ担当の館へ向かったのだ。

「おーい先輩！　東村！　いますかー？」

反響する自分の声以外、聞こえてくるものは……。

「……雨、か」

黒い絶望から降り注ぐ雨。窓に打ち付けるそれは悪意に満ちているようで。外の木々もまるで柔らかい素材でできたオブジェみたいにしなって、地面とのお別れを先延ばしにするべく必死で耐えている。凄い風だ……。一枚壁を隔てた世界は変容してしまった。昨日までの景色を返してくれ。

「天空の主は、機嫌が悪いらしい」

印象に残った小説のフレーズをぽつりと呟く。こんな時に小説世界に浸るのは、現実を直視したくないからだろうか？　ではいつなら、現実を直視しなくてもいいのだろうか？

「…………」

考えても仕方がない。ひとまず、フロアを一通り見て回ろう。階段を上がってT字廊下になっているのは東館と一緒だ。部屋は廊下を挟んで四つずつ。

調理室。使われることを夢見るフライパンたち。隅に設置された冷蔵庫は電源が入っていない。中は当然、空だ。ガスコンロは……元栓を入れて試してみる。

「うおっ！」

火がついた。ガスは生きている模様。慌てて火を消して元栓を締める。人影なし。

被服室。カラフルなエプロンが壁にかかっている。机の上にはミシン（これにはトラウマがある。ボビンってなんだよ）。もちろん先輩が丁寧に返し縫いをしているわけもなく。

その隣は空き教室。がらんどう。人影なし。

トイレ。右に同じ。

向かい側に移動。

視聴覚室ＡおよびＢ。二つの部屋は中で繋がっているので、廊下に出なくても行き来できる。防音設備のせいで、ドアを閉めると無音に支配される。軽音部は日々、鼓膜を犠牲にして練習しているようだ。

フリーＡおよびＢ。会議などで使われる部屋。パイプ椅子と長テーブルが置かれている。ここにも人影はなし。強風が窓枠をぎしぎし軋ませる。

これで全ての部屋を見たことになる。結果は西館三階に当該二名の姿はなし。

廊下に出て、スマホを開く。グループメッセージで進展がないか確認しようと思ったのだが。

「うそ……圏外？」

これはいよいよ天空の主が罪深き人類を灰燼《かいじん》に帰すべく、その誇り高き嵐を遣わせたのかもしれない。遠くに見える海はうねり、海神の剛腕が海面よりその威厳に満ちた――。

ダッダッダッダッダ。

と、その時。

大いなる嵐の咆哮の中、微かに聞こえた上履きが床を駆ける音。

「あ、伊野神君……」

現れたのは。

我が心の……もとい、我が陸上部第三の女神。

林さんその人で。

「…………」

今にも嵐が食い尽くさんとする校舎三階の廊下で俺たちは、向かい合った。

## 23　偽り

大海の澄んだ水面のように全てを受け入れ包み込むその瞳は、悲しみに暮れていて。俺たちのその邂逅《かいこう》を、外野の嵐は黙り込むことを知らず、むしろはやし立てる。

『お前はまた何かを期待する』

『そうやっていつも自分は傷つかないつもりか』

『いずれそれはお前の価値観を締めあげる図太いロープとなろう』

『否定されるのが怖いなら、そんな口、開かなければいい』

そんな囁きがいつしか明瞭な声になって聞こえてくる。

「…………」

一秒、また一秒と時間は不可逆的に流れていく。

「あ、あの……ね、伊野神君」

聞こえてきた彼女の声はか細く、寒空の下の子猫みたいに小刻みに震えていて。

「ど……どうしたの林さん？　国枝さんと一階を探していたんじゃ？」

「う……うん、そうなんだけど、ちょっと言っておきたいことがあって」

「え」

これが夢なのだとしたら……。

「私ね……」

どうかもう少しだけ、寝かせて。

「伊野神君に、伝えたいことがあるの。今日の十五時にそこの空き教室に来てほしい」訂正。もう一生覚めないでくれ！　「#す@＊……」

小さく紡がれた最後の言葉は外野のせいで聞こえなかったけど、胸の高鳴りがそれを翻訳したかのように、温かみをもって俺に降り注いだ。嵐は恵みの雨となった。今ほど、雨に感謝した時はない。

## 24　緞帳《どんちょう》が上がって現れたものは

「………その話って、今じゃダメなの？」

「え」

林さんは目を伏せ廊下の一点を見つめる。きゅっと結ばれた唇は、外に出ていこうとする言葉をせき止めているようで。

「部活のこと？」

「う、うん……」

歯切れが悪い返事。今なら他に誰もいないし、絶好のチャンス（ヤバい、ドキドキしてきた）なのに。俺はとりあえず会話を続けようと言葉を繋ぐ。

「そういえば……先輩見かけた？」

機械的に首を横に振る林さん。その刹那《せつな》、まっすぐこちらを見る。何だろう……目が少し潤んでいるような。反射率が増して戸惑っている俺の姿が映りそうなほど。

「……どうしたの？」

「伊野神君はさ」と林さん。「すごいよね、部長で」

「え？　そんなことないよ。マネさんの方が凄いよ。てか、突然どうしたの？」

「ううん、すごいよ。私だったらプレッシャーでとても。伊野神君、真面目だしね」

俺の言葉は華麗にスルーされた。みなまで言うな、わかっている。

「…………真面目、かー。やっぱそう見えるよね」

「うん。真面目で爽やかで。怒ったことないでしょ？」

潤んだ瞳。機械的な笑み。

「うーん、そうだね。でもカチンとくることもあるよ」

「そうなの？　全然そんな風に見えないなー。でも大人だよね。先輩とは大違い」

「先輩？　平田先輩のこと？」

「…………」

「あのさ」

意を決して、問いかける。

「先輩がどこにいるか、知っているんじゃないの？」

「……知らない」

「本当に？」

「もう、関係ないもん」

じゃあ十五時にね、と言い残して彼女は立ち去った。

階段に向かう背中が段々小さくなる。俺ってそんなに真面目に見えるんだな。普通に生活しているだけなんだけどね。みんなと一緒だよ。

ダッダッダッダ。

その時。また上履きの音がした。

「あっと！」

「きゃ」

音の主は深川だった。後ろに辻さんもいる。深川は取り乱した様子でまくしたてる。

「二人とも！　こんなところで何してんだよ！　大変なんだよ。てか、悲鳴聞こえなかった？」

「悲鳴？」

いきなり物騒な言葉が飛び出す。悲鳴なんか聞こえたか？

「ほら！　悲鳴なんて聞こえなかったよね」

辻さんの言葉に賛同する。悲鳴の悲の字も聞いた覚えはない。

「そ、そうか……まあいいや。それより、大変なんだよ……」

深川の次の言葉を聞いて血の気が引いた。

「プールで、先輩と東村が、その……死んでる」

## 25　命のバトンを落とした者

東館。南廊下の先。プール。

天からの雨は一切の途切れなく降り注ぐ。水面に波紋が連続的に発生し、それらは打ち消し合うと同時にまた発生して、また打ち消し合う。

そんなプールに、それらはぷかぷかと浮いていた。

東村と平田先輩。この天候の中、寒中水泳ですか？

全身が雨でびちょびちょだけど、目の前の光景に意識を奪われる。あの先輩のことだ、今にも顔を上げて、冗談でしたーとか言うんじゃないか？

それを期待して何が悪いですか？

けれどそれは紛れもなく、命のバトンを落とした者。

もう誰にもバトンを渡せない。

『ありがとう。わりーな。でしゃばって』

照れくさそうに、でも嬉しそうな先輩の表情。

「……きら、くん？」

見ていられないのは上巣さんだ。東村と彼女は付き合っていたのだろう。今にもプールに飛び込みそうな彼女を、辻さんが腕をガッチリ掴んで阻止している。さすがマネさん。

「はっ……はっくしゅ！」と佐々木さん。身体は小刻みに震えて前髪が額にくっついている。

「もどろっか」

その後、顧問二人が管理人の尾形さんと一緒に駆けつけた。そしてすぐさま二人を東館南廊下に一番近い一‐四に運び入れた。俺、深川や岡本がそれを手伝った。現在、毛布が掛けられているので表情は見えない。

「先生、二人は……？」と俺。愚かな質問だが確認しなければならない。

「………」

沈黙。着替えたとはいえ、鳥肌が消えないくらい寒い。それがさらに加速する。堂場顧問は一拍置いて口を開く。

「二人は……亡くなっている」

その言葉に上巣さんは泣き崩れ、辻さんはその背中をさすり、林さんはぐっと堪え、国枝さんは目元を拭う。男子たちは沈痛な面持ちでその事実を受け止める。

「尾形さん」沈黙を破ったのは寺坂顧問。「すぐに本土の学園に連絡できますか？」

はい直ちに、と尾形さんは頷いた。二泊三日の合宿でまさか死人がでるなど、誰が予想できただろうか。二人はどうして死んだのか？　自殺なのか……それとも。

「全員。黙とう」

寺坂顧問の合図で目をつむっても、否定できないほどの疑念が渦巻くのを感じる。

頭をよぎるのは、『殺人』という無機質な二文字。真っ暗な視界の中、先輩と過ごした一年間の思い出が蘇る。唐突な別れ。ダンスどうするんですか先輩？

『さようなら、平田先輩』

脳裏に浮かんだ平田先輩は安心したように微笑み、すうと消えていった。

『ＭＡＫＥ　ＭＥ　ＳＡＤ』のポロシャツを着ていた。悲しいのはこっちですよ……。

## 26　東村の失踪について（バレー部緊急ミーティング）

遠くで音楽が聴こえる。

まるでこの世の負の感情を集結させたみたいな、少しでも触れると切れてしまうような緊張感に満ちたギター。

悪魔の咆哮のように吐き出された醜悪な重低音ベース。

暴れまわるドラムスと汚物を吐き出すように垂れ流されるボーカル。

僕が世界で一番愛しているバンドのそれは楽曲で。

耳から入ってきて僕を破壊していく。

そうして残ったもの。それはがらんどうの『僕』という存在。壊れるものなんか皆無。それでもいくつかの尊いものが剥がれ落ちていく感覚がいつまでも残っている気がして、少し嬉しい。

「おい、朝倉」

声がして振り向くと新城君がいた。目は細められ、いかにも不機嫌そうな表情。この後は全員職員室へ行き、各部ごとに話をすることになっている。

いつの間にか僕たち二人は最後尾だった。前を歩く辻さんや上巣さんたちとの距離が遠く感じる。この距離はいつになったら縮むのだろう。

「わかっているよな？」

僕はまず『意志』を破壊した。相手に同調することで、波風立てないように振る舞うことにした。それが一番、身を守るのに適していると感じたから。

「う、うん」

否定なんてしないし、提案だってしない。疑問だって持たないようにした。

「昨夜、夕飯後から東村のことは見てないし、夜も戻ってこなかった。いいか、夕飯のとき東村の姿を見たのはお前だけなんだからな」

「…………」

うんと頷く。

東村君は確かにあの時、保健室で僕が持っていった弁当を綺麗に平らげた。

ご飯粒一つ残さず。

やがて中央館二階の職員室に辿り着いた。

中央館二階。職員室。

時刻は九時。

「正直」全員が椅子に座ったタイミングで。「先生も混乱している」

昨日の東村君や佐々木さんを標的にした鬼のような表情はなりを潜め、今は子供みたいにしゅんとした顔の寺坂顧問。

「こんなことが起きてしまったのは、先生の責任だ。どうか許してくれ」

顧問は深々と頭を下げた。入部して以来、こんな顧問は見たことがない。

「今、尾形さんが本土の学園本部に連絡をとって、船を送ってもらうように頼んでいる。だから、それまでは辛抱してもらう以外に選択肢がない。すまない」

「先生」嗚咽《おえつ》交じりに言ったのは上巣さん。「誰が綺羅くんを殺したんですか？」

「…………！」

その言葉に場が凍り付く。そしてその涙で潤んだ目は、まっすぐ僕と新城君に向けられた。敵意以外に、感じるものはない。

「綺羅くんと同じ部屋だったあの二人が怪しすぎますっ！」

「おいおい、ちょっと待てよ」

反論したのは新城君。僕は蛇に睨まれた蛙のように小さくなるしかない。今にも丸呑みされそうな恐怖の中、やり取りはヒートアップする。

「あいつは夕食の後から戻ってきてないぜ？　それはこの朝倉だって証人だ」

「そんなの二人で口裏合わせているだけよ！」

「何ならこいつに聞いてみな。なあ朝倉、そうだよな？」

「うん」

「そんなの嘘だよ！　新城くんに言わされているだけ！」

「ああわかったよ。なら俺は何も言わない。朝倉、お前の口から昨夜のこと話してみろよ」

全員の視線が一斉に僕に集まる。顧問すらその鎌首をもたげた。

「朝倉、話せるか？」

「は……はい」

そうして僕は昨夜のことを話し始めた。

十九時五分。全員で夕食を食べていたとき、僕は新城君に言われて夕食の弁当を保健室で休む東村君に持っていった。その時、彼は痛めた脚にアイシングをしていた。僕が弁当を持っていくと軽く礼を言ってから弁当を食べ始めた。その後、僕は教室に戻り自分の弁当を食べた。

十九時二十分。そろそろ食べ終わったかなと思って保健室に行くと案の定、弁当は空っぽだった。教室行こうと思ったけど脚痛いから、と彼。僕は空の弁当だけ持って教室に戻った。

「そのとき、綺羅くんは保健室にいたの？」

「だから、いたって。間違いないよ」

「でも……夕食の後、保健室行ったけど綺羅くんいなかったよ」

上巣さんは僕の言葉なんて信じられないと言わんばかりだ。

「それは何時くらいだ？　上巣」顧問の視線が上巣さんに向けられる。そのまま標的変更してくれと祈る。

「えっと、十九時四十五分くらいです」

「ならその二十五分の間に」と佐々木さん。「東村センパイはどこかに行ったのでしょうか？」

「うーん、二十五分か」辻さんの髪が揺れる。「どこかに行くには充分な時間だと思うけど」

「瑠香も知子ちゃんも今の話を信じるの？」

上巣さんの攻撃的な視線はついに女子たちに向けられる。

思いがけない言葉に二人が息を呑むのがわかる。場の空気が一層悪くなるのを間一髪、寺坂顧問が立て直すように言う。

「仲間同士で疑い合うものじゃない。先生は二人の話を信じることにする。結論を言うと、東村は昨夜の十九時二十分頃から四十五分の間に、いなくなったということだな？」

それに頷く僕ら。上巣さんは納得していない様子。

「そしてそれ以降、彼の姿を見たものはいない。間違いないか？」

無言の沈黙が答えとなった。

「あと、陸上部の平田を最後にみた者はいるか？」

これは全員一致で、夕食時が最後という回答だった。つまり昨夜十九時三十分。

「寺坂先生」そう声をかけたのは少し離れた所で同じようにミーティングをしていた陸上部の堂場顧問。「どうですか？　少し意見をまとめませんか」

伊野神と目が合う。

「…………」

伊野神は、僕のことをどう思っているのかな？

## 27　平田の失踪について（陸上部緊急ミーティングの報告）

「うちの平田に関しまして、最後に目撃したのは伊野神、岡本の二人。場所は岡本と平田の寝室である一－六」

その後、堂場顧問より語られたことをまとめてみる。

昨夜は二十時にお互いミーティングを行っている（うちらバレー部はここ、職員室で実施）。

この時、平田先輩は陸上部全員に目撃されている（なんでも、ダンスのソロを立候補したみたい。うちらは誰がやるんだろ？）。

その後、解散になってから先輩は寝室に戻り、後輩の岡本と過ごした。

そして二十一時三十分。

伊野神が寝室を訪ねて東村君がいなくなったことを伝えた。

この時、寝室には国枝さんもいたとのこと。その後少し話をして国枝さんが退出。その直後先輩も退出したらしい。これ以降、先輩の姿は誰にも目撃されていない。

「あと、先輩は部屋を出る間際に」と伊野神。「保健室見に行くって言ってました」

それに後輩君が同意する。

彼が座る椅子はやけに小さく見える。それでも決して態度は大きくない。良い後輩がいるのは部長の人望のおかげかな。

「ちょっといいですか？」

そう言って皆の視線を集めてもなお、それを押し返さんと姿勢を正したのは上巣さん。彼女の視線は依然として鋭さを維持している。

「真希ちゃんはさ、そんな時間にどうして男子の寝室に行ったの？」

その言葉に親しみやすさは皆無。

「え？」

言葉に詰まり、視線を床に向けたのは一瞬で。

すぐにまっすぐ上巣さんを見つめ返す国枝さん。

「何って……ちょっと話したいことがあったからだよ。ダンスのこととか、勉強のこととか」

「そんな時間に？」

「うん。何かまずいかな？」

「だって、普通に考えておかしいでしょ？　なんか、いやらしい」

その言葉に国枝さんの目つきが険しいものに変わった。顔から表情が消え、仮面を被ったみたいに無表情になる。無機質な仮面が不気味なほど冷静なトーンで言葉を紡いでいく。

「なんで……？　別にいやらしい話なんてしてないよ……？　沙耶ちゃんがそう思うのって時間が遅いから……？　昼間なら男子の部屋行っても良いの……？　昼間でもいやらしい話できるよ……？」

「それなら証明してよ。いやらしい話なんてしてないって」

「岡本クン」

突然、睨むように見つめられた後輩君は先程の僕みたいに委縮する。玉のような汗が我が物顔で額を占領している。坊主頭も汗ばんでいるのがわかる。

「私、そんな話してないよね……？」

いつの間にか、場は国枝さんと上巣さん二人のやり取りで支配されていた。顧問たちも口が挟めないほどだ。こんな場でしゃべらされるのは拷問に等しい。

「は、はい。確かにダンスの話をしていました。その、変な話とかはしていません。僕は」

「僕はって、他の三人……つまり国枝さん、先輩、伊野神はしてたのか？」

深川君がぴしゃりと指摘する。まるで裁判だ。

「あっ、いえ……その、それが……」

「…………………」

国枝さんが後輩君を見つめる。その可愛い顔を小悪魔ならぬ悪魔的に歪めながら。その瞳は目が合ったものを石にかえるという怪物、ゴーゴンのそれのようで。

「僕……途中でトイレに行って戻ってきたら先輩方が何やら話していて……その……小声で聞こえなかったんです。聞いちゃいけないのかなと思いまして気にはしなかったのですが……その途中で部長が部屋に来て……」

それが昨夜二十一時三十分。何やら話していた二人。これはいったい何を意味――。

「なにそれ!? やっぱり怪しいじゃん！ 話してよ！ 何の話!?」

「だからっ！ 相談とかしてたの！」

「嘘よ！」

「じゃあ沙耶！ それを証明してよっ！ 沙耶こそ東村クンと昨夜何も・な・か・っ・た・の!?」

「なんですって!?」

激高した上巣さんが椅子から立ち上がろうとしたとき、ようやく両顧問が仲裁に入った。

実際のところ、後輩君が内容を聞いていない以上彼女の話を信じる他ない。相手の先輩は、既にこの世にいないのだから。

その時。

「みなさん！」

慌てた様子で尾形さんが職員室に入ってきた。そして伝えた事実は、先程の修羅場なんて子供のままごとレベルだと僕らに思い知らしめた。この場にいる全ての人間が凍り付く。そうして舞い降りたのは地面にめり込むほど重い、僕らを縛り付ける鎖。名を絶望。

「大変です！　悪天候のため船が出せないそうです！　運航の目途はたっていません！　なのでしばらくこの島に滞在することになります……」

## 28　絶海の孤島に散らばるもの

時刻は十時三十分。

尾形さんの絶望的な報告は職員室に暗い影を落とし、場は一旦お開きになった。堂場顧問は自主練という冷ややかな指示だけ出して、寺坂顧問、尾形さんと連れ立って出て行ってしまった。事実確認やら何やら……大人はこういう時、結構無責任だなと思う。

「自主練なんて、できっかよ」

平田先輩の死。

東村の死。

こんな状況でダンスなど踊っている奴はきっと、よほどの能天気野郎だ。

『夏の天海火山　登頂ツアー開催のお知らせ。

　地球の息吹を感じに行きませんか？　数少ない学園合同企画です！

　お問い合わせは登山部、または実行委員会まで』

　この張り紙、通っている校舎にも貼ってある。毎年やっている目玉イベントの一つだ。こんな天候だから中止に決まっている。火山にとっては恵みの雨かもしれないけど、俺たちにとっては恵みどころか不幸の塊だ。

　東館一階廊下を歩く。駆けつけたみんなの上履きの跡が乱雑に残されているのが生々しい。プールに続くドア前の玄関マットは多くの水を含んでいる。

　一‐四のドアを開ける。

「失礼します」

　断りの言葉を添えるけれども部屋にいる人から返事はない。既にしかばねだから。吸う息全てに死臭が混じっている被害妄想にかられる。

　そこには毛布が掛けられた二つの死体。

　バレー部セッターの東村。

　陸上部ホストスプリンターの平田先輩。

　かつてヒトだったものが横たわっていた。

「…………」

かける言葉なんてない。俺には未だに理解の外の出来事だから。帰れない事実よりも、昨夜まで生きていた人間がこういう姿になった事実の方が到底信じられない。こんなことがあっていいのだろうか……。

「俺は二人を守れなかったのか……」

守るなんてできるはずがない。守る必要性を考えたことがないから。こんなことが起きるなんて、小説の世界だけだと思っていたから。だから俺にできることは一つしかない。

「今から伊野神けいは、探偵になります」

この事件を解決させる。それが然るべき弔いになると信じて。

早速、探偵としての捜査を開始しようと思う。

まずは平田先輩。

毛布をめくると真っ白な先輩の顔が飛び込んでくる。瞼は閉じられ、見た目は穏やかそうに夢でも見ているよう。

以下、調べた結果だ。

①死体発見場所は東館南のプール内。

②死体発見時、Ｔシャツ姿だった。プリントは『Ｉ　ＨＡＶＥ　Ａ　ＤＲＥＡＭ』。

③昨夜、最後に見た先輩は『ＡＬＬ　ＦＯＲ　ＯＮＥ』とプリントされたパーカーを着ていたが、発見時それはなかった。

④首に絞められたような跡あり。絞殺の可能性が高い。
現状からわかることはこのくらい。

昨夜着ていたパーカーは脱いだのだろうか。岡本の証言によると昨夜は部屋に戻っていないので、部屋にはないものと思われる。あと、このTシャツは確か……どこかで着ていたような。第一発見者や悲鳴、昨夜の足取りなど不明な点も多い。これらは他の人に聞いてみて徐々に埋めていくしかない。

「先輩」今、少し頬が動いたような気がするのは願望か。「ソロ……僕が引き継ぎますよ」

やりたくはないですけど、やるしかないじゃないですか……。

返事はもちろん、ない。

## 29　産声をあげた探偵

続いて東村を覆っていた毛布をとる。唇は真っ青で、プールの冷たさを物語っている。

以下、調べた結果。
①死体発見場所は東館南のプール内。
②寝間着姿。右上腕部に痣のような跡あり。
③首に絞められた跡。絞殺の可能性が高い。

彼は昨夜、保健室で朝倉に目撃されたのを最後に行方不明になっていた。保健室に何か手がかりがないだろうか。

「うーん。調べることはたくさんありそうだけど、何から手をつけるか」

今朝の死体発見前後から遡って調べてみるか。俺は二人に手を合わせて部屋を後にした。


時刻は十時四十五分。

まず、第一発見者の話を聞こうと思う。発見場所はプール。今朝は分担して東村と平田先輩を探していた。その際、プールに一番近い一階を探していたのは、国枝さんと林さんだ。

「うん。どうぞ……」

二人の寝室を訪ねると、国枝さんが出迎えてくれた。俺は一言断って中に入る。布団は既に綺麗に畳まれていた。机から椅子を持ってきて座る。

「ごめん……私、お手洗い行ってくる」

そう言って林さんは出て行ってしまった。話を聞きたいと思ったが、彼女は悲鳴（俺は聞いてないが）がした時、俺と一緒にいたのでこの件については国枝さんだけで十分だろうと思い引き止めなかった。

「さつき……行っちゃったけどいいの？」

「うん。悲鳴がした時、俺と一緒にいたから」

何故一階を調べていた彼女が西館三階に来たのかは置いておく。それは後で彼女に訊いてみることとして、俺は今朝の悲鳴について尋ねてみた。

「今朝の悲鳴って、国枝さん？」

「……うん、そうだよ」

彼女は首を縦に振った。

一つ、事実が明らかになった。

　事実①　死体発見時、悲鳴を上げたのは国枝さん。

「その時のこと、詳しく教えてもらっていい？」

彼女は静かに今朝の出来事を語りだす。

「一階を調べ終わって、二人とも見当たらなかったからプールを見に行ったの。そうしたら、その……」言い淀む国枝さん。一拍置いてから再び話し出す。「東村クンと平田先輩が、浮いてて……それで、私びっくりして……」

「悲鳴をあげたの？」

こくりと頷く国枝さん。余程ショックだったのか、それとも肌寒さのせいか体は小刻みに震えている。その後みんなが駆けつけて……という展開だったのは俺も知っている。ちなみに悲鳴を聞いていない俺、林さん、辻さんは深川に言われて駆け付けたので悲鳴を聞いたメンバーに遅れる形で現場に来たことになる。ここで明らかになった事実を挙げてみる。

事実②　悲鳴を上げた場所はプールサイド。
事実③　悲鳴直後に駆け付けた人物は伊野神、林、辻、顧問二名、尾形さん以外の全員。
事実④　伊野神、林、辻の三名は当該悲鳴を聞いていない。

俺と林さんは西館の三階で話していた。中央館と東館三階にいた深川、岡本は当該悲鳴を聞いてすぐに駆けつけている。二階を探していたバレー部たちも同じだろう。ただ一人……辻さんを除いて。


「伊野神くんはこれが殺人事件だと思うの？」

「今はなんとも言えない。けれどももしそうなら暴かなくちゃいけない。それが二人に対するせめてもの礼儀だと思うからさ」

「そっか。私も出来る限り協力するね」

「うん、ありがとう」

本当は信じたくない。

けれど事実は変わらない。

それならそれを受け入れるしかない。唯一の救いは、これから先の未来はまだ確定していないってことだ。

## 30　悲鳴について（深川、岡本の証言）

続いて深川に悲鳴について尋ねようと思い自室である一－二に戻ってみた。

ドアを開くと、印象的なメロディーが流れていて。

深川と岡本が映像を見ながら不器用な踊りを披露している。

まさか自主練しているのか？　こんな時に……。

「おう伊野神！」

「あ、先輩。お疲れ様です！　お邪魔してます」

「自主練？」

「そーだよ。お前も踊れよ」

それはささやかな抵抗なのか。

非日常から昨日までの日常に帰ってきた感覚が全身を包む。事情聴取はあとでもいいか。俺は少しの間、日常に戻ることにした。

「えっ!?　ソロやるのか？」

「うん。どうして？　やりたかった？」

「いや……いいよ。やっぱ部長がやらなきゃ締まらないし」

一通り踊って汗をぬぐう。ソロを引き受けると話すと、二人は驚いた様子だったがすぐに納得してくれた。深川も先輩から色々学んだ身として、引き受ける気持ちが多少はあっただろう。それでも譲ってくれたのだからもう後戻りはできない。

「そういえばさ」と俺。探偵として調べていることを話す。「今朝の悲鳴について教えてくれ」

「あの悲鳴か。何か事件と関係あるの？」

スポドリをぐっと飲み干して深川が言う。それに続いて岡本も疑問の声をあげる。

「事件って、先輩たちは殺され――」

言い終える前に言葉を飲み込む。普段ならテレビの奥の日本のどこかで起こることだ。それがこんなにも身近で起きて未だに現実感がないのだろう。それも含めて今調べていると答えると、曖昧に頷いて顔を伏せてしまった。

「今朝の悲鳴はな……」

やがて深川が悲鳴について語りだした。

要点をまとめてみる。

中央館三階を調べていた深川は悲鳴を聞いてすぐに階段を駆け下りた。二階で朝倉と新城に出くわした。二人も当該悲鳴を耳にしていたみたいで、三人は急いで一階に下りた。見ると東館一階に続く渡り廊下のドアが開いていたので、反射的にそちらへ急行したらしい。

「渡り廊下のドアが開いていた？」

「ああ。東館側のドアも開いていたぜ」

外は大雨。風もあるので、ドアを開けておいたら館内に雨が入ってきて水浸しになってしまうことは容易に想像できる。実際、床はびちょびちょだった。誰が開けておいたのだろうか？

「あと、何か変わったことはなかったか？」

「……うーん」

あ、そういえばと言葉を繋げる深川。

「俺の聞き間違いかもしれないけど、段々小さくなっていくように聞こえたような……」

「段々小さく？」

「ああ。たとえると、車が猛スピードで通り過ぎると音が段々小さくなっていくじゃん？　あんな感じだった」

まあ、気のせいかもしれないから気にしないでと言って語りを締めた。事実を挙げておく。

事実⑤　悲鳴直後、中央館一階（東館側）と東館一階の渡り廊下のドアは開いていた。

事実⑥　中央館三階において悲鳴は段々小さくなって聞こえなくなった。

続いて岡本から話を聞いた。

悲鳴後、東館二階で上巣さん、佐々木さんと合流して一階に下りた。悲鳴の聞こえ方については普通だったとのこと。

事実⑦　東館三階において悲鳴は特別変わったようには聞こえなかった。

深川の気のせいという可能性も否定できないが、何故中央館と東館で悲鳴の聞こえ方が違っていたのだろうか？　それは渡り廊下のドアが開いていたことと関係があるのだろうか。

「わかった……二人ともありがとう」

「いえいえ。その……部長」と岡本。「まだ調査は進めるんですよね？」

「……？　ああ、そのつもりだけど」

「その……僕は覚悟できているんで、そのときはどうか遠慮しないで下さいね」

「遠慮？　遠慮ってなにに？」

俺がしばし岡本の真意を考えていると、深川が徐に立ち上がった。

「よしっ、岡本！　自主練再開だ！　部長探偵には大事な使命があるのと同じように、俺らにも大事な使命がある」

それは奴なりのフォローなのか。

俺が探偵なら、犯人を暴かないといけないから。

それが今まで苦楽を共にしてきたかけがえのない友人だったとしても――。

「でもさ、探偵に疲れたらいつでも待ってるぜ。ソロやるなら踊りの練習も怠るなよ！」

そうして二人は曲を流し、再び踊り始めた。

いつか帰るところを見つけた気がしてホッとした。

## 31　悲鳴について（佐々木、上巣、辻の証言）及び保健室の調査

「悲鳴がしたとき」と上巣さん。「私、東館二階の進路指導室にいたけど別に普通だったよ？」

「え、センパイ気づきませんでした？」

バレー部女性陣は全員部屋でダンスの動画を見ていた。俺が訪ねると快く迎え入れてくれた。

早速、今朝の悲鳴について訊いてみる。

すると、東館二階にいた佐々木さんと上巣さんで意見が食い違った。

「あの悲鳴、なんか波打つみたいに聞こえませんでした？」

「波打つように？」

説明を求めると、佐々木さんは「えーと、ですね」と言って考え込む。髪は拭いたのだろうけどまだ湿り気が残っている。先輩たちに注目され若干照れくさそうにしながら言葉を続けた。

「最初は大きく聞こえて、徐々にボリュームが小さくなった感じでした」

「ふーん。私には普通に聞こえたけどなあ」

納得がいかない表情の上巣さん。

ちなみに彼女がいたという進路指導室は東館二階の一番南側に位置している。一方佐々木さんは、階段に近い生徒会室を調べていたという。

その横でもっと納得していない表情をしているのは辻さんだ。

「ていうかさ」早速、それを吐露する彼女。「悲鳴なんて、ほんとにしたの？」

目が合ったので相槌を打つ。俺も当該悲鳴を聞いていない。

「瑠香さ、あの時どこにいたっけ？」

「悲鳴がしたタイミングがわからないから曖昧だけど、私は西館を中心に探していたよ。中央館もちょっと調べたけど、大半は西館二階にいたかな」

「西館……？」

今朝の悲鳴を聞いていない者は俺、林さん、辻さん。この三人に共通すること。それを含めて事実を挙げておく。

事実⑧　東館二階において悲鳴ははじめ大きく、徐々に小さくなるように聞こえた。
事実⑨　悲鳴は西館には届かなかった。

悲鳴は西館には届かなかった。偶然なのかそれとも――。

ひとまず三人の部屋を後にすると、俺は中央館一階保健室へ向かった。昨夜、東村が最後に目撃された場所。それは朝倉の証言によってのみ成り立っている。疑うつもりはないけど、それが事実なら立証したい。それが偽りなら――。

「失礼しまーす」

つーんと鼻をつく消毒液のにおい。保健室はいつもお世話になっている。なにせ砂場に特攻するので擦り傷なんて日常茶飯事。

いつも白衣を着た可愛らしい先生が迎えてくれて、そのまま雑談することもしばしば。生徒がいないとはいえきれいに整理された机。棚などの薬類のラインナップを見る限り、合宿中はケガし放題といったところ。こんな状況で部活なんてしないと思うけど。

入って左側にベッドが三つ。まるで病室みたい。カーテンは壁際で出番を待っている。右と左のベッドはメイキングされたままなので使われていないだろう。

「ってことは……」

中央のベッド。他の二つ同様、畳まれてはいるがシーツには皺が走り、明らかに使用された形跡がある。枕も真ん中がへこんでいるので、使用されたことを裏付けている。

「東村……やっぱり昨夜ここで休んでいたんだな」

ということは、朝倉の証言は正しかったことになる。

昨夜、あいつは弁当を持ってきて東村はそれを平らげ、空箱をあいつが回収した。その後、上巣さんが訪れるまでのわずかな間に東村は失踪した。これが一連の出来事だろうか？　そしてそのあと何者かに殺された。

「ころされた……」

初めて口に出した物騒な言葉。

小説やテレビでしか聞いたことがない言葉。しかし、もう認めるしかない。今まで事実から目を背けていたんだ。認めたくないから。

仮に自殺だとして何故死体がプールに浮かんでいた？　誰かが自殺した彼の死体をプールに投げ込んだ？　あり得るけど、それを行うメリットってなんだ？　そんなことをしたら殺害の疑いまでかけられかねない。自分で首を絞めて死んで、目の前のプールに落ちた？　ナンセンス。あり得ない。

そう、彼は殺されたのだ。ということは彼を殺した犯人がいるはずなのだ。

「認めよう……それが探偵になった理由だろう？」

きっと平田先輩も——。そのあとの言葉は飲み込んだ。言わなくてもわかるから。

改めて保健室を見回す。失踪前、東村がいた場所。ここに何か手がかりが残されているのなら俺は見つけなくてはならない。

その後、くまなく室内を調べてみた。薬学の本の間に何か挟まってないか、机の引き出しに何か不自然なものはないか、五感を研ぎ澄まし調べてみた。

「これは……」

手が止まったのはごみ箱の中を調べた時だった。

いくつかのゴミに混じってとあるもの・・・・が捨ててあった。

「なんでこれがここに？　いや、まああり得るか。でも確か昨日の昼……」

俺はすぐに保健室を飛び出した。駆け足で事実を挙げておく。

事実⑩　保健室に＊＊＊、＊＊＊＊＊が捨ててあった。

## 32　入れ替えられたシャツの問題

事実⑪　昨日の昼において＊＊＊等を個別に捨てた者はいない。

保健室を飛び出した俺が向かったのは一‐一。

そこで見つけた手がかりを挙げたところで、時刻は十二時。昼時となった。

ちょうどその時、堂場顧問が人数分の弁当をもって教室に入ってきた。

「おう伊野神。悪いが全員集まるように連絡してくれないか」

「あ、はい。昼食はここで食べるんですか？」

「ああ。全員、固まって食べたほうがいいだろう。寺坂先生や尾形さんも直にくることになっている」

「そうですか……」

何故固まった方がいいのか？　顧問もその可能性を疑っているのだ。窓の外を見る。ガラスに映った自分の姿が醜く歪んでいるように見えた。

「先生」と俺。「昨夜のことなのですが」

「……おう、どうした？」

「昨夜の零時頃……校庭を歩いていましたか？」

「…………」押し黙る顧問。やがて重い口が開かれる。「なんだ伊野神、休んでなかったのか？」

「いや、その……トイレに行ってました」

「そうか。ああ確かに、校庭を歩いていたな。その時間だったらちょうど見回りに行って戻るところだった」

「あ……そうなんですね」

顧問は人数分の弁当箱を教卓の上に置いた。袋が擦れる音がやけに大きく聞こえる。

「…………それはそうと、はやく皆を呼んで来い」

「あ、はい」

質問タイムはそこで終了し、皆を呼びに行った。

時刻は十二時十分。二日目の昼はどんよりとした空気の中、十三時まで続いた。昨日の昼とは何もかも変わってしまった。ダンスの映像だけがエンドレスで流れ、能天気な歌声に悪態をつきたくなるのを懸命にこらえた。その中で、興味深い話を聞いたので挙げておく。

事実⑫ 昨夜のシャワー後、先輩が着ていたシャツのプリントは『I HAVE A DREAM』。

情報源は深川と岡本。俺は一足早く更衣室を後にしたので見ていないが、先輩はそのようなシャツを着たという。確か昨日『I HAVE A DREAM』とプリントされたシャツを昼食時に着ていたような。

「ということは、今朝先輩は昨日のシャツを着ていたのか？」

「そうなるな。何でそうしたかは謎だけど」

「わざわざ昨日のシャツなんて着ませんよね？」

シャツの入れ替わり。

これは何を意味するのか。事実⑩並びに⑪を書き直した後（よほど急いでいたのか、自分でも読めないほどの字だった）、残りの弁当をかきこんだ。


時刻は十三時十五分。ここは体育館前。その一角に洗濯機があり、その横に洗濯籠がある。男子用と女子用二つあり、中にはウェアなどが乱雑に投げ込まれている。特に男子用はひどい。女子を見習えと言いたい（女子用の籠の中のものは綺麗に畳まれているではないか！）。

空は依然として真っ黒な雲に覆われている。あざ笑うような雨に加え、不気味な空気がこの学校には流れている。それの正体を掴もうとしているのだ。無謀なのはわかっている。

『諦めて屈しなさい、そうすればあなたは楽になります。天空の主はあなたを歓迎します』

そんな声が遥か上の方から聞こえたような。

「みなまで言うな、わかっているから」

呟いた声は雨音によってかき消される。

ささやかな抵抗は虚無に消え、俺を屈服させようと雨風がどっと激しくなってきた。早めに調べて校舎に戻るとしよう。探偵は地味に体力勝負だ。

男子用の洗濯篭を漁る。タオルやらウェアやらをはねのける。そうして見つけたシャツの名前は、『MAKE　ME　SAD』。いや、これは関係ないし。

「やっぱりないか……？」

昨日の昼、先輩が着ていたTシャツは『I　HAVE　A　DREAM』——以後ドリームシャツと略す——。それはシャワー後『I　HAVE　A　CREAM』——以後クリームシャツと略す——に変わった。

しかし、今朝見つかった先輩の死体はドリームシャツを着ていた。これが犯人によって着替えさせられたのなら脱がしたシャツ、つまりクリームシャツがどこかにある筈だ。

先輩がドリームシャツをすぐ篭に入れておいたのなら、犯人はそれとクリームシャツを入れ替えた可能性がある。つまり脱がしたクリームシャツを同じようにしてこの篭の中に……。

古典的な入れ替えトリック。果たしてクリームシャツは——。

「……ビンゴ！」

あれこれ考えていた時、それはあった。クリームシャツだ。色は黄色。ドリームシャツと同じなのでよく見ないと気づかない。

　事実⑬　洗濯篭には『I　HAVE　A　CREAM』シャツが残されていた。

スペルを確認する。うむ、間違いなくクリームシャツだ。犯人は何故これを脱がす必要があったのか？　その答えがきっとこのシャツにある筈だ。

不審な点はすぐに見つかった。

事実⑭ 残されたシャツには仄かに甘い香りがする茶色のシミがついていた。

シャツの前、胸の辺りにそのようなシミを見つけた。仄かに甘い香りがする。先輩の汗のにおいにやや押され気味だけど。

茶色のシミ……犯人はこれを隠すために着替えさせたのか？ 仮にそうだとして、スペルの違いは隠せないぞ。そうまでして着替えさせた？ とは言っても一文字しか違わないのだけれど。

## 33 疑惑と約束

洗濯篭を調べ終わった後、東館の先輩の部屋に向かう。先輩には悪いが、ちょっと荷物を見させてもらおうと思ったのだ。あの先輩のことだ、他にも似たようなシャツがあるかもしれない。

その後、時間があれば東村の荷物も調べてみよう。

西館一階から中央館を通って、東館に入ったときだった。

「…………」

「あ……はや」

二階から林さんが下りてきた。声をかけようと思ったけど、彼女の様子に思わず言葉を呑みこんでしまった。悲壮感漂う表情、さらには瞳いっぱいにためた涙。それが一筋の悲しい道をつくり頬を伝う。もう何を言おうとしたのかわからなくなるほどの衝撃を受けた。あらゆる感情が無慈悲にかき乱される。

「……はやしさん」

「………」

上ずった声は我ながらとても震えていて、男として情けない限り。

「その……」

どうしたの？　と訊こうとして、なんて愚かな質問だろうと気づいた。訂正しようにも、この場に相応しい言葉は何一つとして出てこない。

一方で時間は残酷で、潔いというか……とても正直だった。逡巡している間に、彼女は俺の横を通り過ぎる。凛とした制服から淡い香りがして、心が乱れる。ぐすんと鼻をすする音の後に背後から声が聞こえた。その声はまさしく、女神のそれだった。汚いウェアも綺麗にしてくれる我が陸上部の、第三の女神のお言葉。普段は部のみんなへ向けられる言葉は、この時だけ俺に向けられたのだ。それは託宣のようで。

「…………………あとでね」

それだけ言って女神は去っていった。

時刻は十四時。林さんとの約束まで残り一時間。

先輩の寝室である一‐六。岡本の姿はなかった。布団はやや乱雑に畳まれ、二人の荷物はすぐ隣に置かれている。

すぐに先輩の荷物を調べてみる。ウェア、パンフレット、タオルや着替え、さらに某人気一位のプロテイン（しかも新発売のフルーツ味！）などなど。クリームシャツみたいな奇抜なものは見当たらない。財布には少々の現金。他にはカード類や写真。

「……ん？」

その写真。まさか……そんな。

事実⑮　先輩は林さんとのツーショット写真を数枚所持していた。

二人は仲睦まじくピースサインをしている。ただの先輩後輩と見なすには、あまりにも二人はくっつきすぎている気がする。

外から雷の唸り声。たった今抱いた内なる怒りを代弁しているようで。

その後、写真を戻して自室へ。

深川が一人で筋トレをしていた。部屋は奴の汗の臭いでさながら満員電車のようだったので、少しだけ窓を開け換気した。そしてダンスの練習を少しして、時刻は十四時五十分頃になった。

「なに？　また探偵？」

「ああ」

「そっか……お前はどこにも行かないよな？」

「はあ？　どうした深川、そんな弱気なセリフ……らしくないじゃん」

「そりゃあお前、俺にだってナイーブな所くらいあるんだぜ……」

そう言って深川は、大きく息を吐いてうなだれた。

「先輩とタメの奴が死んで、おまけにこんな雨……。弱気になるなって方が無理だろ？」

「……………」

そうだ……そうに決まっている。だから俺がはやくピリオドを打たなくてはならない。

この悲劇を終わらせなくてはならない。


自室を出て、西館一階に移動する。

ここから階段で三階まで上がろうと思い、ポケットに入れといたイヤホンをつける。少し気分転換しながら向かおう。時刻は十四時五十五分。

大好きなバンドのプレイリストを再生する。

しんとした空間に微かに響くギター……って外の雨うるさい！　音量を上げる。そして囁くようなボーカルがそっと重なって。

ゆっくりと階段を上る。一段、また一段と。

ボーカルは変わらずそっと囁いて。周りの楽器はさざ波のように優しく揺れている。不甲斐ない自分を蔑んでいるように聴こえるのは、疲れているからだ。きっと。

『お前はこの事件を解決できない』

うるさい。

『探偵を気取ってないで、黙って救助を待てばいい。お前は所詮何もできない』

二階に着いた。

直後、周りの楽器が唸りだした。かき鳴らされるその音は、大波のようにボーカルを飲み込んでいく。攻撃的な音色は、三階への階段を上がろうとした脚を止めようとさらに躍動する。

『余計なことはするな。探偵なんてやめろ』

『お前に、全てを背負う覚悟がないのはわかっている』

一歩、三階へ近づく。

ボーカルが叫ぶ。

内なる声が叫ぶ。

俺がやらないのなら誰がこの悲劇を止めるんだ!?

確かな信念を胸に、三階に着いた。イヤホンをとる。

西館三階廊下。雨の音以外、何も聞こえない。林さんはもう来ているのだろうか。焦らすようにゆっくり歩いて、空き教室前に立つ。

「ふー」

一呼吸つく。淡い期待を押し殺し、扉をノックして開ける――。

## 34　地に堕ちた女神様

時刻は十五時。林さんとの約束の時間。

がらんどうな空き教室。

その中央に置かれた机とイス。吊り下げタイプの照明は目の前のそれらを余すことなく、一切の妥協なく照らし出す。

細い紐が巻き付けられたブロックレンガが吊るされていて、紐は照明カバーに結ばれている。表面はごつごつしていて、かなり尖っている。

その尖った部分に真っ赤な血。誰か怪我したのだろうか？　保健室にガーゼや消毒液があったような。はやく、とりに、いかなきゃ。

床の上に誰かがうつ伏せで倒れている。すぐ横に、某アニメのキャラがつけている赤縁メガネが落ちていて。あれ？　もしかして、その赤も、血……？　って、赤縁メガネって我が陸上部第三の……。

「…………………………………………………………え」

林さんが頭から血を流して倒れている。

林さんが頭から血を流して倒れている。

林さんが頭から血を流して倒れている。

何度も。なんども。ナンドモ。何度も目を疑った。だけど林さんにしか見えない。

投げ出された手足は人形のそれのように無機質。

真っ白な太ももに飛び散った真っ赤な血。

「は……は、はや……はや」

声が出ない。血の臭いが喉に詰まったような感覚。震えが止まらない。今にも膝から崩れ落ちそうだ。乱れた髪のせいで、表情は見えない。

あの綺麗な笑顔。女神の微笑み。思い出の中の彼女がぐにゃりと歪む……。

林さんが笑う。

ブーブー言いながらみんなのウェアを集めて回る部の母。彼女は女神だった。マネさんの仕事を全うしてくれた林さん。絶妙の濃さでつくるスポドリは祝杯だった。

「どうして……俺をここに呼んだの？　何を、話そうとしたの？」

その答えはもう、一生わからない。淡い期待は、より大きな悲劇によって打ち砕かれた。我が陸上部第三の女神の死という、到底受け入れられない現実によって。

楽しい思い出が、目の前の無造作な死体によって……黒く、暗く、暴力的に塗りつぶされていくというのに、俺という最低最悪な部長探偵はただなすがままに、佇むことしかできなかった。

「……どういうことだよ？」

空き教室で呆然と突っ立っていた俺を岡本が発見し、全員に伝えたらしい。林さんの死体が全員の眼前に曝される。今の発言は深川だろうか？　今にも起き上がりそうな林さん。ねえ、もう一回さ、スポドリ飲ませてよ？

「なんで、なんで……はやしさ」

「さつき！　ねえさつきいいいいいいいぃぃぃ！　ううぅぅっ！」

廊下側に立っていた国枝さんが林さんの死体に駆け寄る。俺の肩にぶつかるが全く気に留めなかった。反動で少しよろけて岡本にぶつかり、後輩は掃除用具入れに背中をぶつけた。

「おっと、わるい」

「いえ、平気です」

後輩はそのまま、まるで門番のように背筋をまっすぐ伸ばして直立した。廊下側をみると寺坂顧問と尾形さんが生気を抜かれた表情で立っていた。国枝さんは林さんの背中を強くさするけど反応がない。それでも動かなくなったおもちゃを必死で直そうとする女の子みたいに、構わずゆすり続ける国枝さん。やがて見かねた堂場顧問が優しく駆け寄る。

「国枝……もう、やめなさい。ゆっくり休ませてあげよう。な？」

次の瞬間、ぴしゃりという甲高い音が教室に響いた。国枝さんが、その小さい手で顧問の頬を叩いたのだ。

「ゆっくり？　ゆっくり休んで？　何を言っているんですか？」

「いや、だからな……その」

　教え子に叩かれ、よほど衝撃だったのかしどろもどろになる顧問。その様子を、窓側に立っていた佐々木さんが唖然とした表情で見つめる。その隣に立つ上巣さんはどこか達観としたような表情で。

「……ふふ」

　い・ま・、・笑・っ・た・？

「あ、朝倉……」と俺。必死で見なかった振りをする。「この事件、犯人誰だと思う？」

　隣に立つ朝倉は困った表情で続ける。

「え？　伊野神にもわからないなら、そんなのわかるわけないだろ」

「そうか……でもさ」こうは考えられないか、と俺。「三つの殺人事件……俺たちの中に犯人はいない。この島には第三者が潜んでいて、そいつが犯人なんだ」

「うーん、その人物は始めからいたってこと？」

「ああ、そうだ！　そうだよ！　初めから計画された殺人だったんだ。そうだ……そうだったんだ」

　この島に潜む第三者。そいつが先輩を、東村を……林さんを。

「伊野神」と冷ややかな声で言ったのは、黒板側に立っていた深川で。「ちょっと、訊いてもいいか？」

「なに？」

「お前さ、今朝……国枝さんが悲鳴を上げたとき、この西館三階の廊下で林さんと会っていたよな？」

「うん………。そうだけど、それがなにか？」

「その林さんが、こうして殺された。あと……」

いつの間にか深川は探偵の如く、場を仕切りはじめ、徐にレンガが吊るされている照明の近くまで歩き出す。

「これ、時間差で落ちるようにしておいたんだろ」

「……はあ？」

だろって、俺、知らな。

「その間、お前は違う場所にいた。そうだろ？」

「……なに、どういうこと？　何が言いたい？」

こいつ……まさか。

「お前は仕掛けで林さんが死んでいるか確かめに来たんじゃないのか？　そして狙い通りになっていたから、第一発見者を装った。違うか？」

「違う……何言ってんだよ。深川」

「林さんを殺したのは……伊野神、お前なんじゃないのか？」

## 35　青春を守る闘いが始まろうとしている

ここは一一三。時刻は二十三時過ぎ。

もう太陽はとっくに沈み、一日が静寂の中終わろうとしている。あの後は自主練どころでもなくなり、ただ時間が過ぎるのを待った。夕食、入浴、全てが淡々と過ぎていった。深川とも気まずくなり、独り寂しく床に就く。

八月十一日。いつ終わるかわからない人生の中で、今日ほど失望と悲しみに満ちた日はないと思う。みんなから白い目で見られ、あんなに信頼していた深川から犯人だと言われた日……そして、林さんを喪った日。

目を閉じる。手を伸ばせば届きそうな近さに、林さんの温もりを感じる。涙はでない。

「タイムリミットは、明日」

そう……明日中に事件を解決すると俺はみんなの前で誓いを立てた。

それが出来なければ、俺は無実の罪を問われることになる。

この島に渦巻く悪意の正体は、もしかしたら今日という日以上に俺を失望させるかもしれない。過去の思い出すら侵食する黒い絶望は、今、俺たちの青春を破壊しようとしている。

この尊い青春のワンシーンを守らねばならない。そのために、今はつかの間の休息を……。

# 幕間　テロメラーゼについての考察

テロメラーゼという酵素がある。これはＤＮＡの末端にあるテロメア配列を伸ばす酵素だ。テロメア配列とは細胞が体細胞分裂してＤＮＡが複製される際、徐々に短くなっていく言わば『あそび』の配列の事だ。この配列がなくなると細胞は分裂できなくなり、結果生命活動を維持できなくなる……こうなった肉体は死を迎える。

これが寿命だと考えられている。

余談だが、二本鎖ＤＮＡが複製され、一方でＲＮＡポリメラーゼによって転写され一本鎖ＲＮＡがつくられ、リボソームやｔＲＮＡなどによってタンパク質がつくられる一連の流れは、『セントラルドグマ』と呼ばれている。これは後に逆転写酵素（一本鎖ＲＮＡから二本鎖ＤＮＡをつくる酵素）の発見により、徐々に使われなくなってしまった。

話を戻す。

テロメラーゼが働けばテロメア配列を伸ばせる。

短くなったら伸ばせばいいと思うかもしれない。もしそうなれば、人類長年の夢である『不老不死』が叶う。しかし、ヒトではこの酵素の活性が弱く、伸ばす能力よりも減っていくスピードの方が圧倒的にはやいのだ。

これはきっと、天空の主が人類の遺伝子を設計した時に与えた期限なのだ。その小さき体に無限の欲望を抱かないために。
結論を言う。

ヒトはいつか必ず死ぬ。
私も、あなたも。
その間に、何をするかが重要だ。

三日目

## 36　朝食は涙の味がする

私立杵憩舞学園高等学校、陸上部およびバレーボール部選抜メンバー合同ダンス合宿三日目。八月十二日。天候、豪雨。本来の日程なら本日の午前中に本土に帰る予定だった。しかしそれはメンバーの死というおよそ現実離れした出来事、さらには予期せぬ台風接近に伴い大きく狂ったことは言うに及ばず。

聞き慣れた雨の音で目が覚める。昨夜全員に配られた鍵でロックを解除して手洗い場に行き、顔を洗う。湿気が多く、汗でべとつく体が気持ち悪い。

その時、廊下に気配を感じた。見るとタオルを持った岡本がこちらに歩いてきて、俺の姿を見つけて立ち止まった。ぎくっという擬音が聞こえてきそうなほど、ばつが悪そうな顔。

「おっす、岡本」

「…………」

後輩は先輩（しかも部長）の挨拶に答えず、翻して教室に消えた。これがガチな合宿なら速攻顧問に報告だが、残念ながら今は普通の状況じゃない。しかも俺は容疑者として疑われている身……賢明な判断だと後輩を心の中で褒める。

俺はもう一度、冷たい水で顔を洗った。

ピンポンパーン。放送が始まる。

『みな、おはよう。バレー部顧問の寺坂から連絡する。各自、特別な用がないときはなるべく複数人で教室にいるように。食事は一‐一に用意しておいたので複数人でとりにくるように』

校内放送が冷たく告げた。各自籠城、もう誰も犠牲者を出さないようにするための苦肉の策。

一‐三で独りストレッチをしていると、複数人の上履きの音が聞こえてきた。時刻は八時過ぎ。みんな朝食を取りに来たのだろう。

『いいよ……枝さん。あいつ……勝手に……に来るよ』

何やら話し声がして。

直後、たったたったっという軽やかな音が聞こえてきた。昨日の林さんの上履きの音とシンクロする……。林さん、まだ間に合うよね？　いま助けに——。

こんこん。ノックの音。

「伊野神クン、入るね」

そう言って一切の迷いなく扉が開いて。国枝さんと目が合った。

「おはよ、伊野神クン」

「あ、おは、おはよう」

頬に張り付くショートヘア。澄んだ黒い瞳は全てを見抜いているかのように鋭く可憐で。背中に翼は見えないけれど、そこからこぼれる一欠片《かけら》の羽の確かな質量を感じた。

「おべんと、置いておくね。しっかり食べて。あと……私は伊野神クンの味方だよ」

味方だよ……その言葉は彼女が去った後もしばらく耳に残った。

おべんとを食べたら、涙の味がした。

## 37　瓦解《がかい》していく謎

朝食を食べた後、俺はすぐに西館三階空き教室に向かった。階段を上がる音の背後で、雷鳴が聞こえる。空気は相変わらずじめじめしていて、既にシャツは汗で濡れている。足取りは重い。まるで大会疲れが残る週明けみたいだ。そんな気怠さを覚えつつ教室の扉を開ける。

現場はほぼ保存されている。

昨日換気をしたおかげで嫌な臭いはなりを潜め、雨の日独特の生臭さが代わりに漂っている。教室の隅に毛布が掛けられた林さんがいる。少しめくってみる。

「林さん、おはよ」と俺。「待っててね。俺が必ず……君を……」

彼女の物言わぬ顔を見ていたら涙が溢れてきて、続けようとした言葉をかき消した。

ややあって彼女の死体を調べてわかったことは、彼女が鈍器のようなもので殴られて命を奪われたという大雑把な事実のみ。

照明カバーから垂れるレンガが凶器の可能性が高い。

次に教室を調べる。真っ赤な血はそこには無く、吊るされたレンガが不気味さこそあれ何事もなかったかのよう。メモ帳にぽつりと滴が落ちる。

事実⑯　林さんが殺された教室の掃除用具入れの中に血痕が残されていた。

事実⑰　林さんが殺された教室の照明カバーには擦れたような跡があった。

箒、洗剤、デッキブラシ、ぞうきん等々に隠されるようにして血痕が残されていた。もうすっかり乾いている。何故こんなところに血痕が残されているのだろう？

吊るされたレンガ。それは吊り下げタイプの蛍光灯の照明カバーにくくりつけられていて、よく見るとそこに擦ったような跡がある。照明カバーはアルミ製。試しに揺らしてみると、当たり前だが、それはぶらんぶらんと揺れる。これが林さんの命を奪ったのだろうか？　一縷の疑問を胸にしまいつつ、しばらく彼女の亡骸と一緒になって雨の音を聞いていた。

東館一階。一‐四。

東村と平田先輩の死体が無言のお出迎え。先輩には悪いが、気になったのは東村の右上腕部に残された痣のような痕。

東村を覆っている毛布をめくる。真っ白な顔を直視しないように、例の痕を今一度観察する。

「うっ血している……」

うっ血とは、血が溜まって皮膚の下が赤く見える現象のことだ。

伊野神うんちくはまたの機会にして、メモ帳を開く。

事実⑱　東村の痣はうっ血していて、細いものによってつけられた。

よく見ると、何か細いものでついたようだ。細い棒のようなもの……あまりにも細くて硬いと皮膚に突き刺さってしまうから、柔らかくて尚且つ痣になるくらいの硬さがあるもの……。そんな都合のいいもの、あるだろうか？

「尾形さん、未だに本土には連絡できませんか？」

「はい……通信網がこの台風で麻痺しているようで」

「とにかく、生徒たちの安全を確保しなければ。これ以上の事態は何としても避けねばなりません」

東村の死体を調べた後、廊下に出るとちょうど三人の大人が中央館の方へ向かう所に出くわした。こっそり後をつけると職員室に入っていった。今後について会議でもするのだろう。

「我が学園、始まって以来の由々しき事態であることは間違いない。オーナーや保護者会になんて説明すればいいのか……うーむ」

「それは二の次ですよ堂場先生。今は一刻も早く全員でこの島から帰ることを考えんと。例え三人を殺害したのが、生徒の中にいたとしても」

「なっ、寺坂先生。では、本当に生徒の中に犯人がいると？」

「……信じたくはないが、それしか考えられん。尾形さん、今この島はあなた方が管理をされていますが、他に従業員はいますかな？」

「いえ、おりません。今回の担当は私一人ですので。食料品やその他備品はあらかじめ倉庫にて保管済みです。あなた方の他に、この島に来た人間はおりません」

やがて重苦しい会話が聞こえてきた。時折飲み物をする音が聞こえてくる。この島に来た人間は俺たちだけ。即ち、第三者の存在は限りなく零。やはりいるのか……俺たちの中に。

しばらく会話した後、尾形さんは物置に保管してある備品やらの在庫確認に行くと先に辞し、遅れて顧問二人が出てきた。

俺は咄嗟に職員室横の男子トイレに駆け込んで用を足すフリをした。

「では堂場先生は西館を。私は東館を見て回ります」

「はい。お願いします」

「あなたは」と寺坂顧問。「生徒を信じていますかな？」

「……生徒を信じるのが顧問の務め……そうではなかったですか？」

その言葉を最後に、足音が遠ざかっていきやがて消えた。フリを切り上げ、誰もいなくなった職員室に入る。

窓を打ち付ける雨の音に混じって空調の低く唸るような音がする。物陰に隠れた猟犬が唸っているようで、ぶるっと背筋が震える。ごみ箱に紙コップが三つ捨ててあった。直前に三人が使っていたものらしい。水洗いをしていないので飲んでいた液体が少量残っている。色は黒っぽくて、香ばしい匂いがする。これはもう、明らかにあれだ。

「コーヒーか」

メモ帳を開く。

事実⑲　顧問二人ならびに尾形さんはコーヒーをブラックで飲む。

## 38　探偵に忍び寄る天使の笑顔

職員室を後にして、朝倉と新城の教室前に立つ。

時刻は間もなく十二時。ノックをしようとしたとき、巡回中だった寺坂顧問に見つかった。

「いのかみ君」と顧問。てっきり怒られるかと思いきや、意外な一言。「ダンス練は順調か？」

「は、はい？　ダンスですか？」

戸惑っているうちに、会話はどんどん進んでいく。

「ダンスどころではなくなってしまったな。こんな状況になってしまって申し訳なく思う」

そう言って腕を組む。

その姿は『鬼教官』の名に恥じない威厳に満ちた姿で。

俺も自然と背筋を正してしまう。

「本当はお前にも出歩いてほしくない。どこに犯人が潜んでいるかわからないからな。でもお前は、探偵なんだろう？」

「はい……そうです。この事件の犯人を追っています」

「ほう。聞かせてくれないか？　現時点での考えを」

顧問は先程はっきりと言っていた。生徒の中に犯人がいると。

その上で訊いてきたのだ。俺だって犯人候補の一人なのに。顧問の目がすぅと細くなる。それは疑いの目に他ならない。

　俺は現時点での考えを伝えた。

　第三者の存在は否定できる。根拠は天候ならびに目撃情報がゼロだという点。そんな状況で生徒とはいえ三人の人間を殺めることは不可能だと思うこと。

　したがって、犯人は生き残った生徒ならびに大人三人の中にいると思うこと。手がかりは着々と集まっているということ。

「そして……朝倉と新城の部屋でその手がかりがないか今から調べてみようかなと思います。恐らく、拒絶されると思いますがなんとか説得してみます」

「ふむ。私の考えと一緒だ。もっとも、本当に生徒の中にこんなことをしでかす輩がいるとは未だに思えないのだがな」

「そうしますと……犯人は大人三人の内の誰か……という可能性も出てきます」

ここで勝負に出てみた。

「寺坂先生、先生は……犯人ではありませんよね？」

「………………」

これでクロなら、次の瞬間には俺は消されて海の藻屑あるいはサメのエサか……。悪寒がはしる。言ってしまったことを後悔する。

「……確かに」と顧問。「その可能性もあるが、私は断じて違う」

その一言を聞いて安堵する。

「前途ある若者の命を奪うことほど、教育者としてあるまじき行為もないだろう」

「そうですよね。では僕の事は疑わしくないのですか？　放送の後にもかかわらず、こんな出歩いていて、証拠隠滅を図っていると判断されても仕方ないかと思いますが」

「……証拠隠滅を図っているのか？」

「いえ。違います」

「だろうな。バカにするでない。そんなこと目を見ればわかる。お前は良い目をしている。この暗い状況を照らす光になるだろう」

顧問は突然詩人みたいなことを並べる。ダンス好きで詩人なバレー部顧問。腕を解き、肩をがっしり掴まれる。

「頼んだぞ。老人は引退し、お前たち若者の時代が来る。それを守るのだ。探偵として」

一‐五。朝倉と新城の教室。寺坂顧問の許可を得て、部屋を調べることが出来た。

「顧問！　いいんですか？　こいつ犯人かもしれないのですよ？」

新城は猛反発したが、やがて開き直った。

「まあいいですけど。なんなら調べてくれよ伊野神。怪しいもんなんて何一つないから」

そう言った新城の横で、朝倉は俯いたままだった。

「わかった。調べさせてもらうよ」

間取りは俺と深川の教室、一‐二と一緒。黒板、机、椅子、布団……見知ったものたちが静かに佇んでいる。

「東村の荷物は？」

「そこにある。黒のエナメルバッグ」

彼の荷物の中に変わったものはなかった。ウェア、大きめの濡れたタオル、バレーの本などありふれたもののみ。彼が失踪してからそのままにしてあるとのこと。

「東村は、シャワーを浴びた後すぐに保健室に行ったのか？」

「……う、うん。そうだよ」と朝倉。「シャワー中から痛がってたから」

「ふむ。東村はそこまで痛がっていたのか」

当事者である顧問が頭を傾ける。恐ろしやバレー部……千手観音のしごきは死んでも御免だ。

「はい……シップ貼ってそのまま休むって言っていました」

「そして夕食……その後は話の通りってわけか」

その後、顧問は責任を感じたらしくしごきについて部員に意見を訊きだした。その話を大まかに聞きながら調査を再開。気になったことを二人に訊いてみる。

「いや、いじってないぜ。初めから入ってなかったんじゃないか？」

「僕も知らないよ」


昼食を食べているとノックの音がした。

出てみると佐々木さんが立っていた。

ひとまず部屋に招く。ドアは開けておいた。

「私、どうしても伊野神センパイに伝えたいことがあります。東村センパイに関することなのですが」

しばし俯いた後、顔を上げる佐々木さん。ボーイッシュショートヘアがさらりと舞った。

「えっと、東村センパイは上巣センパイ以外にも、その、付き合っていた人がいて……」それは……と彼女。「林センパイです」

「林、さん？」

意外な人物の名前に言葉を失う。

てっきり、林さんは平田先輩と付き合っていると思っていた。

でも林さんが東村と？　ということは東村は二股をかけていた？　林さんと先輩は仲良さそうに写真を撮っていたじゃないか。

「…………」

いや。待てよ。

あれは確か、島に向かう船上でのやりとり。

『さっちゃん』

『…………それ、止めてもらえますか？　平田先輩』

親しげに呼んだ先輩を一蹴する林さんの言葉。

さらに、初日の昼でのやりとり。

『平田先輩、脱いだシャツは籠に入れといて下さいね。洗濯、まとめてするので洗うのはまだですけど』

『うん……わかった。ありがとうな、さ……林さん』

『…………』

先輩は林さんを『さっちゃん』と呼ぶのに慣れている様子だった。これは特別仲が良かったことが推測される。つまり、二人は交際していた。過去形の理由は、林さんがそう呼ばれることをひどく拒絶していたから。

さらに。これは二日目の西館三階での彼女とのやり取り。はっきりこう言っていた。

『もう、関係ないもん』

二人は付き合っていて、今はもうその仲じゃない。だから彼女が新しい恋人をつくっていたとしても何ら不思議はない。それが東村だったとしても。二股をかけられていたとしても。

「上巣センパイ……こう言っていました。恋人を殺した犯人も憎いけど、今は姿がはっきり見える恋人に言い寄っていたあの女が憎いって」

「上巣さんは東村が二股しているって、どこで気づいたのかな？」

「それは……すいません、何も言っていなかったです」

俺には恋人がいないからよくわからないけど、付き合っているとはどこからそう言って良いのだろうか。

キスをしたとき？

抱き合ったとき？

手をつないだとき？

親しげに会話したとき？

明確な定義がない以上、本当に林さんと東村が付き合っていたのかなんて、当人たちがいない今、証明は難しい。

それを議論しだしたら上巣さんと東村だって果たして恋人同士と呼べるほどの仲だったのか……という話になる。

ただこの二人の場合、上巣さんの言動や行動、周りの反応などからかなり親しげだったことは事実のようだ（確かな証拠がない以上メモは控えておく）。

しばらく話した後、佐々木さんは教室を後にした。俺はドアの前に立って彼女を見送った。制服を着た小さい姿がやがて廊下を曲がって消える。

「伊野神クン」

と。背中に声がかかった。振り向くとそこに。

「私、いつだって伊野神クンの味方だよ。だから無理しないでね」

天使の笑顔。

「嫌だったらやめていいんだよ？　一人で背負いこまないで。もう犯人なんて見つけなくてもいいんじゃないかな」

「…………」

天使の笑顔。

「こんなこと普通じゃないんだからさ。きっともうすぐ助けがくるよ。こんな犯人探し、警察に任せよ？　ね？」

天使の笑顔。

ゆっくり。

近づいてくる。

蛇の甘言。

堕落する使命感。

探偵の誇りなんて、古びた錆のようにポロポロと剥がれ落ちていく。

「そうしよ？　伊野神クン。少し休もうよ。私が傍にいるから……ね？」

そしてついに目の前まできた天使は、より一層にんまりと笑った。

「うん……そうだよね。ほんと、もうやめたいよ。こんなこと」

でも。

ポロポロと剥がれ落ちてあらわれたものこそ、本物の『探偵としての誇り』だった。

「でも……犯人を見つけないと俺が疑われたままになってしまう。確かに、悲鳴がしたとき彼女と二人きりだった。その彼女が殺されたのだから、疑惑の目を向けられるのは当然かもしれないし」

「…………ほんとにそれでいいの？」

「うん。もう少し、頑張ってみるよ」

天使の笑顔はわずかに綻んだ。

寂しげな瞳。

それでもやると決めたから。

昼食後は聞き込みやダンス練などをして過ごした。

体を動かしている時だけ、探偵であることを忘れることが出来た。シャワーを浴び事実を整理して夕食へ……。

そして時刻は十九時。全てを解く手がかりを携え俺は全員を招集した。場所は職員室。すべてを終わらせる時が来た。

39　伊野神のメモ帳より抜粋

事実①　死体発見時、悲鳴を上げたのは国枝さん。
事実②　悲鳴を上げた場所はプールサイド。
事実③　悲鳴直後に駆け付けた人物は伊野神、林、辻、顧問二名、尾形さん以外の全員。
事実④　伊野神、林、辻の三名は当該悲鳴を聞いていない。
事実⑤　悲鳴直後、東館一階渡り廊下のドアは開いていた。
事実⑥　中央館三階において悲鳴は段々小さくなって聞こえなくなった。
事実⑦　東館三階において悲鳴は特別変わったようには聞こえなかった。
事実⑧　東館二階において悲鳴ははじめ大きく、徐々に小さくなるように聞こえた。
事実⑨　悲鳴は西館には届かなかった。
事実⑩　保健室に＊＊＊、＊＊＊＊が捨ててあった。
事実⑪　初日の昼において＊＊＊等を個別に捨てたも者はいない。
事実⑫　一日目の夜のシャワー後、先輩が着ていたシャツは『I　HAVE　A　CREAM』
事実⑬　洗濯篭には『I　HAVE　A　CREAM』シャツが残されていた。
事実⑭　残されたシャツには仄かに甘い香りがする茶色のシミがついていた。

事実⑮　先輩は林さんとのツーショット写真を数枚所持していた。
事実⑯　林さんが殺された教室の掃除用具入れの中に血痕が残されていた。
事実⑰　林さんが殺された教室の照明カバーには擦れたような跡があった。
事実⑱　東村の痣はうっ血していて、細いものによってつけられた。
事実⑲　顧問二人ならびに尾形さんはコーヒーをブラックで飲む。

## 40　さて……（伊野神劇場開演）

「さて……」

時刻は十九時。全員がここ、中央館二階職員室に集まった。

「伊野神、本当に今回の事件のことがわかったんだな？」

いつも以上に目を鋭くさせた堂場顧問が威圧的な口調で述べる。返事をして、こちらも挑むように頷いた。

「はい。全てわかりました。では、一つ一つみていくことにしましょう。まずはバレー部セッター三人衆が一人、東村殺害事件から」

メモ帳を開き、続ける。

「死体発見場所は東館南のプール内。首に絞められた痕があることから、死因は恐らく窒息死。あと、右上腕部に痣のような痕がありました。これについては後程述べるとして、まずは彼が失踪したと思われる時間帯について整理しましょう」

初日の十九時、東村を除いた生徒全員は一‐一で夕食を食べていた。その直後、朝倉が保健室で休む東村にトンカツ弁当を持って行く。十九時二十分、朝倉が保健室に行くと東村は弁当を平らげていて、空の弁当箱を回収した。

「その時、東村はどんな様子だったんだ？」

そう言ったのは堂場顧問。顧問は朝倉の証言を怪しんでいたから、朝倉が嘘をついているのではと疑っている。

「えっと」と朝倉。相変わらず押しに弱い。「アイシングしてました。他に変わった様子はなかったです」

「…………」

顧問は納得していない表情を浮かべるがとりあえず先へ進むことにする。

「そして夕食後、十九時四十五分に上巣さんが保健室を訪ねると東村はいなかった。つまり東村は朝倉が弁当箱を回収した十九時二十分から上巣さんが訪ねた四十五分の間に保健室から失踪したことになる。ここまでは既に話した通りです」

「つまり……東村は十九時二十分以降に何者かに絞殺されたということか？」

深川がまとめるように言う。俺を告発してからすっかり探偵モードだ。

「…………」

俺が黙っていると、さらにたたみかけてくる。

「単刀直入に誰が、どこで、東村を殺したんだ？　長ったるい説明はなしにしてさ」

「深川」と俺。「俺がいつ、東村は十九時二十分以降に殺されたなんて言った？」

「…………」

全員が息を呑んだ。ここから探偵の独壇場だ。誰にも邪魔させてなるものか！

「東村は、十九時二十分以前に殺されたんだ」

　その瞬間、場は喧騒に包まれる。

「えっ、どういうこと？」と上巣さん。「だって二十分以前って」

「東村センパイ、お弁当を食べていた時間ですよね？　しかも、私たちはみんな同じ教室にいたから……」

　みんなの視線は大人三人に集中する。バカを言えと言ったのは寺坂顧問。

「先生が生徒を殺すわけないだろうが！」

「寺坂先生の言う通りだ。それに！　二十分よりも前に殺されたのならば、二十分に彼を見たという朝倉の証言がおかしいじゃないか」

　堂場顧問の一言で喧騒はピタッと止み、全員の視線は朝倉に向けられる。奴は相変わらず下を向いたまま口を閉ざしている。

「では、それについて説明させてもらいます」

　俺はそう言って、一つの事実を挙げる。

「事実⑪　初日の昼において＊＊＊等……ん!?」

　おかしい。何だこのメモは？　確か見にくくて書き直したはずだが……。

「どうした？　探偵さん」

　新城が挑発的に言った。

俺はそれを軽く流し一呼吸つく。読めない部分をボールペンで消し、今度こそ事実を書く。我ながら達筆だった。

「失礼しました。では、改めて事実を述べます。

事実⑪　初日の昼においてばらん等を個別に捨てた者はいない」

「ばらん？」

「そう、ばらん。具材同士がくっつかないようにするための緑色の葉っぱみたいなやつ」

国枝さんに優しく説明する。弁当に入れる具材と具材を分ける仕切りに使われるものだ。

「それが東村先輩の失踪とどう関係するのですか？」

岡本の疑問に答える形で二つ目のカードを切る。こちらもメモを修正する。

「事実⑩　保健室にばらん、ソース入れが捨ててあった。

つまり初日の弁当箱を調べた結果、これらは全ての弁当箱に残されていた。食事が終わって空の弁当箱にこれらを残すことはむしろ普通です。そんな当たり前の行為を全員が行っていたことがわかります。

それなのに、保健室にこれらが個別で捨てられていた。これはつまり、保健室で弁当を食べた人物が捨てたものだと判断できる。岡本、その人物が誰かわかるか？」

「誰かって」と岡本。突然の振りにも自信をもって答える後輩。「保健室で弁当を食べたのなんて、東村先輩以外にいないじゃないですか」

「その通り。つまり、彼は保健室でトンカツ弁当を食べた後ばらん等を個別に捨てたということになる」

「それが何かおかしい……あっ、まさか」

佐々木さんが閃いたようだ。他の人たちの間でもどよめきが広がる。

「そう。保健室でトンカツ弁当を頬張った東村も、事実⑪からばらん等をそのまま残したはず。それにもかかわらず朝倉が回収してきた弁当箱はきれいに全て平らげられていた」

その時の新城の言葉を思い出す。

『弁当、すげえきれいに食べたなあいつ』

そこにはソース入れもばらんもない、ピカピカの弁当箱があった。

「東村が個別に捨てた可能性も零ではないが、事実⑪から考えにくい。ここで真実を挙げます。

真実①　保健室に捨ててあったばらん等は犯人の偽装工作。

保健室に彼が存在していたことを示すために犯人が偽装工作をした可能性が高い。そんなことをする理由はただ一つ。

あの日あの時、東村綺羅は保健室にいなかったから。そうまでして彼が生きていることを証明したかった。

つまり彼はあの時間以前に殺されていた。そう推理します」

「ならさ、ばらんだけ捨てないで、弁当箱ごと捨てておいた方が確かな証拠にならないか？　犯人はどうしてばらんだけ捨てて偽装工作をしたんだ？」

深川が反論をぶつけてくる。冷ややか視線はまだ俺のことを疑っている。俺の推理なんて信用できないと言わんばかり。

「確かにお前の意見もわかる。

しかし、あの時犯人は東村が保健室にいると俺たち全員に知らしめたかったから、空の弁当箱を俺たちに見せる必要があった。弁当箱ごと保健室に捨ててしまうと本当にその時間帯に東村が捨てたものなのかわからないだろ。犯人は弁当箱を俺たちに見せて、ばらん等はゴミ箱に捨てることで東村が保健室にいることを示す二重の証拠を残した」

「でもセンパイ、それならどうして弁当箱ごと私たちに見せなかったんですか？　その方が事実⑪に反することなく東村センパイの存在証明ができると思いますが？」

「それが、犯人のミスなんだ」

俺はメモ帳を見ながら続ける。

「事実⑪から、ばらん等を別々にするリスクは犯人もわかっていたと思う。

それでもあえて分けたのは少しでも東村が保健室で過ごしていた証拠を残したかったから。ベッドは少し乱しておけば使用感は出る。それだけじゃ心もとないから苦肉の策でばらん等を捨てておいたのだと思う。この二重の証拠で東村があたかもあの時間、保健室に存在していたことにするために」

「では」と口を開いたのは堂場顧問で。「朝倉が保健室で東村を見たって言ったのは」

「……嘘ということになります」

この言葉を朝倉に言いたくはなかった。しかし、言わなくてはならないのが探偵の非情な所！

どうしてだ……朝倉？

「やはり嘘だったか。朝倉、どういうことか説明しなさい」

「…………」

勝ち誇った堂場顧問の表情。こんな人を蔑むような顧問の表情を俺は初めて見た。必死で私情を殺し朝倉を見る。

## 41　独白と告発

「東村はシャワーのあと部屋に戻らないでそのまま保健室に行ったんだよな？」

「…………」

朝倉は俯いたまま。

新城はそっぽを向いていた。

「あれも嘘だ。東村の荷物に濡れたタオルがあった。あれはシャワーで使ったバスタオルだ。従って、あいつは部屋に戻ってきたんだ」

「…………」

沈黙を守る朝倉。一体何を隠している？

「新城？　東村は部屋に戻ってきたよな？」

「ああ。もどってきたよ」

迷いもなく言葉が吐き出される。

その言葉に敏感に反応したのは朝倉。悲痛な視線を無視するように新城は言葉を続ける。

「……直後俺はトイレに行って戻ってきたら、その……朝倉が東村の首を絞めていたんだ」

「…………！」

「俺は必至で説得した。やめろってな。でも奴の鬼みたいな形相についにはビビっちまってよ。何もできなかった。やがて東村がぐったりして……すぐに死んだってわかったよ。こいつにそんなことができるのかと、膝が笑って立ってられなかった。俺を見下しながら奴は、死体を隠すから手伝えって脅迫したんだ」「ちが」

「すぐに死体を掃除用具入れに隠して、東村が保健室にいるかのように偽装工作をすることを計画した。だから、俺もそういう意味じゃあ共犯だ」「ちが」

「ただ……俺は断じて東村を殺してはいない。殺したのは朝倉だ」

「ねえ、ちが」

「こんな顔して、こいつはとんでもねぇぞ。俺はいつ口封じをされるかびくびくしていたんだ」

新城の独白は、妙なリアリティをもって場に浸透した。

あの朝倉が殺人犯？　消極的を絵にかいたような奴が？　あり得ない……そんな心の声が聞こえるが、相反するもう一つの声がそれを退ける。

新城の独白が真でも偽でも、朝倉が保健室で東村を見たという嘘をついたことは変わらない。

「……ほんとうなのか、朝倉？」と寺坂顧問。「お前がチームメイトを、ほんとうに殺したのか？

良きライバルとして、切磋琢磨してきた仲じゃないか！　それを！」

「せんせい」と新城。「こいつはずっと、東村のことを恨んでいた。ポジション争いもあるし、あとは、やっと上巣は付き合っていたんですよ」

「！」

上巣さんがきゅっと口を紡ぐ。

「こいつ……上巣に惚れてたんだ。だから余計憎かった。動機十分だぜ。あわよくば俺をも殺そうと策を練っていたに違いねえ」

「違う！　僕は一人でなんて殺していない！」

突然、朝倉が声を荒げた。

予期せぬ大声にもかまわず、彼は反論を述べる。

「確かに僕は嘘をついたけどそれは全部！　新城君の指示だ！　掃除用具入れに死体を隠したのも！　深夜死体をプールに捨てに行ったのも全部！　全部！　全部！　新城君の指示だよっ！」

「お、ついに本性を現したな」と飄々と新城。「気味悪いロックとか聴きすぎなんだよ」

「新城！」と俺。「いくらなんでも言い過ぎだ。お前も容疑者候補なんだから口には気を付けろ」

「はあ？」

眉間に皺が刻まれる。ふつふつと怒りが表情に現れる。

そしてこちらに腕を伸ばして胸倉をつかんできた！　奴の顔がすぐ目の前まで迫る。息は荒く目は血走っている。

「お前がとっとと犯人を言わないから俺まで疑われるハメになったんだろうが！　この使えねえ探偵気取りがよ！　てめえこそ何」

「やめんか！　二人とも！」

何故か俺まで注意を受けることになった。顧問二人が仲裁に入って数分後、改めて推理の続きを話すことにする。

「東村が十九時二十分以前に殺されたのは、さっき話した証拠から導き出されたが」と俺。まだ怒り心頭な新城をよそに続ける。「もう一つの証拠からも推測できる。それがこれだ。

事実⑱　東村の痣はうっ血していて、細いものによってつけられた」

うっ血？　という声。これは顧問の方が詳しいだろうけど、いちお探偵なので。

「通常、ヒトは生命活動が終わると血流が止まる。うっ血はそんな状況で皮膚の上から圧力がかかってできる痕です。つまり、彼の痕は彼の死後、細いものによってつけられた。当該細いものとは――デッキブラシです。

これは各教室にある掃除用具入れに一本入っています。しかし、セッター三人衆の部屋にはこれが無かった。二人に確認を取りましたが、知らないと口を揃えていました。恐らく、掃除用具入れに死体を隠し、深夜プールに捨てに行くとき痕に気づいて他の場所に移したのでしょう。

結論を言うと、東村殺害事件、当該事件の犯人は朝倉並びに新城です。この場では主犯、共犯区別はしません。科学分析が困難な以上、ここでは決めかねます。従って僕はこれらを『犯人』とし、告発します。以上、東村事件の推理を終えます」

告発を受けてもなお、新城は「俺は共犯だけどな！」と言い張っていた。

「…………」

押し黙った朝倉。きっとお前のことだ、新城に言われるがままだったんだろ？

「はーあ、共犯だっつってんだろ」

## 42　断罪の指先は

「続いて、平田先輩殺害事件に移ります」

メモ帳を持つ指に汗が滲む。エアコンが運ぶ人工的な風ではしつこい汗を止めることはできそうにない。何より、心がこの探偵劇を止めたがっている。口から出るのは今日までに見つけた手がかり。それを組み立て、犯人を指摘する。実に論理的だ。だけど仲間を疑い、親友を犯人と告発する行為をなんの躊躇《ちゅうちょ》もなくやってのけた自分に、ここまで嫌悪感を抱くとは思わなかった。探偵なんて二度とゴメンだ。

「先輩が最後に目撃されたのは、十日の二十一時四十五分頃です。場所は一‐六。先輩と岡本の寝室です。この時間、俺と国枝さんを含めた四人がいました」

では、何のためにこれを続けるのだろう？

やめたっていいじゃないか。

氷水のように冷たい感情の裏でそれは微かに胎動する。今はまだ小さくて、か弱い。この悲劇は暴露されなければならない。たとえどんな結末になろうとも。やるしかない。みんなのために。亡くなった友人たちのために。もう一度言うけど、これが最後だからな！

「まず、最初に教室を後にしたのは国枝さん……だったよね」

「うん。そうだよ」と国枝さん。「確か、二十一時四十分くらいだったと思う」

「国枝は」と堂場顧問。「そんな時間に何故平田の部屋を？」

「…………」

視線が。まっすぐ顧問に。

林さんの死体が発見されたとき、顧問の頬をはたいた国枝さん。

その時の視線が、再び。

「ちょっと、ダンスのことで相談しに。昨日の朝、話した通りです」

「ああ、そうだった……」と顧問。「伊野神、続きを」

「あ、はい……。その後、四十五分頃、教室を出ていく先輩を俺と岡本が目撃しています。その後の足取りは不明です。従ってこの時間以降、何者かに殺害されたことになります」

「確か……」と深川。第二の探偵襲名候補。「保健室行くって言ってたんだよな」

さすが探偵候補。

これも昨日の朝の通り。

「そう……東村が休んでいると思い込んでいた先輩が保健室に茶々を入れに行った可能性は極めて高い。確証は零だけど」

「でも東村センパイは保健室にはいなかったんですよね？　その後教室に戻ったんですか？」

「いや、それはないと思う。なあ岡本？」

「はい。先輩は戻ってきませんでした。敷いてあった布団は朝起きても綺麗なままでした。僕はその日の夜、あまり深く眠らずにいたのですが、深夜誰かが教室の中に入ってくることもありませんでした」

「それ、マジかよ？　本当はお前が部屋で殺したんじゃないのか？」

何故かは知らないが余裕そうな表情を浮かべる新城。こいつ……。

「違いますっ！　僕は人を殺そうなんて思ったことはありません！　絶対に」

岡本はとにかく芯が強い後輩だ。恐らく、先輩は戻ってきていない。何を隠そう……とある場所に行っていたのだから。

「わかったわかった。それでは手がかりを挙げます。

事実⑫　昨夜のシャワー後、先輩が着ていたシャツは『I　HAVE　A　CREAM』。

先輩はシャワー後、このクリームシャツを着用していました。これは彼と同じタイミングでシャワーを出た深川と岡本の証言です。しかし今朝、死体で発見された先輩は『I　HAVE　A　DREAM』、ドリームシャツを着用していました。これは十日、先輩が着ていたシャツです。

シャワーで新しいシャツを着た先輩が、わざわざ前日の汗で汚れたシャツを着るでしょうか？　つまり、先輩のシャツは犯人によって入れ替えられたのです。では、何故犯人はシャツを入れ替えたのでしょうか？　それはきっと、クリームシャツに重要な証拠を残してしまったからだと考えます。そこで犯人は、シャツを入れ替えようと考えた。その時、目に飛び込んできたのがクリームシャツ。恐らくですが、これを十日に着ていた『I　HAVE　A　DREAM』と見間違えたのではないかと考えます。色も黄色。違うのはスペル一文字。これは見間違えても仕方なくよって犯行は突発的――」

「伊野神」反論の狼煙をあげたのは、なんと堂場顧問。「それは違うと思うぞ」

「どういうことでしょう？」

「確かに、シャツは二種類あって入れ替えられたのも事実だとは思う。しかし、二種類のシャツを知っていたのは、深川と岡本だけだろう？　見間違えたのなら二種類のシャツの存在を知らなかった者全員が犯人候補ということか？」

「その可能性が……高いと思いま」

「こうは考えられないか？　逆に、知っていたからこそ入れ替えた。入れ替えてクリームシャツを処分してしまえば誰にも気づかれずシャツに残した証拠を処分できるんじゃないか？　つまりこの場合――」

顧問は、まっすぐ、日焼けしたごつい指を……深川と岡本に向けた。

「クリームシャツの存在を知っていたこの二名が、犯人候補ではないか？」

その二名はあなたの教え子じゃあないのですか？

その言葉は深い沼の底に沈んでいくように、喉から遠ざかって消えた。

## 43　無情な審判

「まずだな……」

狼煙を上げた堂場顧問は遠慮なんて露知らず、教え子を告発する内容を吐露していく。

「伊野神」

「は、はい」

と、いきなり名指し。

その目はフォームが悪いと指摘するときの日で。

「お前はシャツを見間違えて、咄嗟に入れ替えたと言ったな」

「はい。言いました」

「それならば何故、犯人は見間違えてもう一つのシャツと入れ替えようなんて思ったんだ？」

「……あっ」

そうか……しまった。

そもそも入れ替えのトリックは、別のよく似たシャツの存在を知っていないと成立しない。ドリームシャツしか知らない人間には不可能というか、まずその考え自体が浮かばないだろう。入れ替えのトリックを肯定してしまうと、クリームシャツの存在を事前に知っていた深川と岡本に疑惑の目がいくのは当然で。

己の推理の間違えに気づいた時は、会話の主導権を奪われた後だった。

「見間違えただけなら入れ替えようとは考えないだろう。なにせ、ドリームシャツだと思ったわけだからな」

「そっか……つまり」と上巣さん。徐々に外野がどよめきだし。「入れ替えようと思ったのなら、その人物はドリームシャツとは別のクリームシャツの存在を知っている人ってことね」

「それが……この二人ってわけか」と新城。だから貴様はだまってろ！　しかし今の俺に発言権はない。「……果たして、どっちが主犯かな？」

「入れ替えたのなら……」

　場は堂場顧問の言葉に支配される。悪事を働いた教え子を諭す熱血教師のように、腰に手を当て言い放つ。

「クリームシャツの存在を知っていたことになる。スペル一文字くらいならバレないと思ったのだろうが、入れ替えたことで墓穴を掘ったな。深川、岡本……！　なんでなんだ？　なあ!?」

「…………」

　二人は口を閉ざす。あんなに食ってかかっていた深川も、自信満々な岡本も、顧問の言葉に歯向かおうとしない。何か反論を考えているのだろうか？　俺は泣きそうになる二人から目を遠ざけたいがためにメモ帳を見る。このままでは最悪二人とも犯人にされてしまう。それは違う。ならば——。

「——結論を先に述べます」

　俺のなけなしの声では、誰も耳を傾けないかもしれない。

　事実、探偵としてあるまじきミスをした。

それがなんだ。結論は変わらない。俺が裁きを下すんだ。教え子を犯人呼ばわりしたクソ野郎を断罪せんがために。

「平田先輩殺害事件の犯人は――堂場先生！　あなたですっ！」

「…………！！」

もういくしかない。

「先生！　俺はあなたを信じていました」

「堂場先生……まさか」と寺坂顧問。「教え子を、その手で？」

「またまた寺坂先生、彼の戯言ですよ。ちょっと間違えたからってムキになっているだけです。伊野神。いまなら撤回を許す。間違いを認めるのはこれから先必要なことだぞ？　しかもお前先生を犯人呼ばわりなど、失礼にもほどがある」

「いえ顧問。僕はあなたを告発します。あんなに夢を語っていた平田先輩のこの先の人生を奪い去ったあなたを！」

「おい！　どういうことだ！　そこまで言うなら言ってみろっ！　俺が平田を殺しただと！？」

「はい。その証拠があります。

事実⑬　洗濯篭には『I　HAVE　A　CREAM』シャツが残されていた。

事実⑭　残されたシャツには~~仄かに甘い香りがする~~茶色のシミがついていた。

当該クリームシャツは洗濯篭に入れられていて、そこには茶色のシミがついていました」

「シミだと？」

「そうです。そして、これこそ……堂場顧問が平田先輩を殺害した動かぬ証拠です」

「ふっ、何をバカなことを。伊野神、いい加減にしなさい」

「このシミをつけたのが顧問、あなたであり、これを隠そうとシャツを入れ替えた。クリームシャツを見たあなたは見間違うこともなく、洗濯篭にあったドリームシャツを先輩に着させた。このシミは、先輩を殺害した時についたものですよね？」

「いい加減にしないか伊野神。なんで俺が平田を」

「堂場先生、はっきりと答えて下さいませんか」

寺坂顧問が静かに言う。怒りを湛えた千手観音が冷ややかな目を堂場顧問に向ける。

「…………」

場が傾きだした。このまま押し切れるか。

「……知りませんよ、そんなシミ。第一、それはなんだ？　コーヒーか？　コーヒーなら俺じゃないぞ。俺はブラックしか飲まないからな」

「そうですか。確かに、顧問はブラックしか飲まない。その事実は認めざるを得ない。

事実⑲　顧問二人ならびに尾形さんはコーヒーをブラックで飲む。

お三方がここでミーティングをされた後、ゴミ箱の紙コップを確認しました。飲んだわけではないのですが、色、香りからブラックだと思います」

「そうだろう！　俺はそんな甘いコーヒー飲まないからな。ブラックしか飲まない俺が、そのシミをつけられる訳がない。わかったか、クリームシャツの存在を事前に知っていないと、今回の犯行は不可能なんだ。深川、岡本……話してみなさい。俺はお前らの顧問だ。お前らの悩みを訊く義務が」

「顧問、やはりあなたが犯人だ」

痛いくらいの視線が眉間を貫く。しかしやっと掴んだその尻尾！　みすみす離すわけにはいかない！

「僕はクリームシャツに茶色のシミがついていると言いましたが、茶色のシミから甘い香りがするなんて、一言も言っていませんよ？」

事実⑭の二重線で消した部分。あえて言わなかったのが功を奏した。

「あなたはどうしてもシミを甘いコーヒーにしたかった。そうすることでブラック派を主張すれば容疑者圏外から外れると思ったのでしょう。それもそうですよね……だってこの仄かに甘い香りがする茶色のシミの正体が――」

## 44　失墜

我が陸上部の神にして恩師。堂場仁顧問。何故、その手を教え子の血で染めたのですか？

これが天空の主の采配なのでしたらあなたは私たちに何をお望みで？

生ぬるい人工風。その風すら、俺から信頼心をえぐり取るかのような冷たさで。

いま、平田先輩は……ダンス練をしているのでしょうか？

そうでしたら、是非お伝えください。

先輩！　ソロってすごく目立ちますよ!?　先輩のダンスはお世辞にも……（もごもご）。
・・・・・・・・・・・・・・
「教官室にあるチョコ味のプロテインだと知られたら、犯人はたった一人に絞られてしまいますから。先輩が最後に目撃された十日二十一時四十五分以降、顧問は先輩を教官室に呼び出して殺害した。この時、恐らく部屋の空調が高めに設定されていた。今日の朝、教官室に入ったとき感じましたが少し暑いくらいでした。

先輩は着ていたパーカーを脱いだのだと思います。そして抵抗するなどしてプロテインがシャツに付着。この時顧問はドリームシャツとは別のクリームシャツの存在を知り当該シミをなかったことにするためシャツを入れ替えた。入れ替えたクリームシャツを処分しなかったのは、もの自体を処分しなくてもマネさんが洗濯すれば事足りるしその方が自然だから。そして死体をプールに遺棄した。あの時ですよね顧問？　零時頃」

その時、廊下から校庭を歩く顧問を目撃した。

「後の話で見回りをしていたと言っていましたが、それは嘘です。あの時、顧問の姿は闇に溶けていてほとんど見えなかった。つまり懐中電灯の類を所持せず見回りをしていたことになる。これは明らかにおかしいです。しかも、顧問は校庭を歩いていた。何故校庭を見回りルートにしたのですか？　何故校舎内を移動しなかったのですか？　歩く音を聞かれたくなかったんじゃないですか？　それに教官室からプールに行くのなら校庭を歩いた方が早いですもんね」

「……ふっ、出鱈目《でたらめ》を」

「でたらめなんかじゃありません。堂場顧問」と俺。既に見る影もない顧問に断罪の槍を突き刺すのはささやかな配慮ですよ。本当は今すぐあなたをぶっとばしたいのだから！　「あなたは平田先輩をその手で殺したのです。違うというのであれば、クリームシャツに付着していた当該シミから甘い香りがすると何故知っていたのか、理由を答えてください」

沈黙がこれ以上ない返答となった。俺らに陸上の何たるかを教示した、時に厳しくもいつだって真摯に向き合ってくれた陸上神、堂場顧問は今、無様に失墜した。

誰も言葉をもたない。失墜した神にかける言葉など皆無。堂場顧問は俯いたまま微動だにしない。その姿を冷めた目で見つめる。

「はあ……」と大きなため息。寺坂顧問だ。「顧問である前に、人でしょうが！」

「はい……仰る通り」

「だったらなんで生徒を手にかけた!?」

「わた……わたしは、その理由は」

そこで黙り込む顧問。額には汗が滲む。

どんな言い訳をしたところで軽蔑以外の視線を向けるつもりはない。そんな中、俺以上に冷ややかな視線を向けたのは——。

「…………………」

我が陸上部の第一の女神、くに——。

「…………!!」

その刹那。堂場顧問は大きく体を震わせた。まるで天敵に出くわしたみたいな反応の速さ、それは脊髄反射のよう。

「理由……」と第一の女神。やさしさに包まれたひどく冷たい声。「言わないんですか?」

「あっ、いや……う、うううぅぅ」

そこにどんな理由があれ、事実は変わらない。俺は顧問が真っ当な理由を口にしようが、同情なんてしない。この様子だと理由を言い終える頃には朝日が顔をだすだろう。ここは探偵として先を進めることにする。

「では、続いて——」

俺が最も推理を拒んだ事件。殺されてしまった事実もさることながら、一番嫌悪することはこの中にそれを行った人物がいるということ。

「陸上部マネージャー林さん殺害事件について」

懺悔するなら今だぞ？　しかしそいつは何食わぬ顔で俺の話を聞いていた。

# 45

## 誇りは既に

「林さん事件を語るうえでまず、言っておくことがあります。僕は犯人ではありません」

自分ではわかっていることだが、これを納得させるのは至難の業。

案の定、昨日の深川の言葉が尾を引いているのか、俺の言葉を信じていそうな人はほぼ零。四面楚歌とはこのことか。これを好機とばかり深川が追及モード全開でぶつかってくる。

「だからさ、納得のいく説明をしろよ。お前は昨日の悲鳴がした時、林さんと二人きりだった。その時お前は彼女に言い寄ったんじゃないのか？」

うわ……なんたる言い草。俺はお前の中で平田先輩並みのたらしなのか？

「そして断られて、殺意を抱いて時間差トリックで殺した。これで自分が疑われなくて済む、違うか？」

「……悪いけど、全然違う」

「だから根拠を――」

「ならさ、そんなに俺がやったって言うならお前が証明してみせろよ。俺が殺したっていう筋道を提示しろよ」

押し黙る深川。何か考えがあって言っているに違いない。それならそれを一旦聞いてみようと思った。それを論破できないといよいよヤバいけど。

「深川くん、無理しないでね？　ほんとうに伊野神くんがやったっていう証拠はあるの？」

マネさん魂か、辻さんが不安そうにしている彼に声をかける。「

「……だって、あれは明らかに時間差で落ちるようにしてあっただろ？　第一発見者になったのは仕掛けがうまくいったか確かめられるのと、万が一うまくいかなかったときその証拠隠滅をだな――」

「それ、ちがくないですか？　深川センパイ」

ここで第三の探偵出現！　佐々木さんは小さく手を挙げる。尾形さんがいつの間にか用意してくれたドリンクを口にしながら各々彼女の話に耳を傾ける。

「仮に時間差トリックを使ってそれが失敗したとしたら、被害者である林センパイは怪我こそするかもですが、生きているってことですよね。そんな目に遭ったらまず大声で叫ぶと思います。そうしたらたちまち人が集まり、証拠隠滅なんてしている時間はきっとないです。

それなら、万が一のことを考えて仕掛けのすぐ近くに潜伏している方がリスクは少ないと思います。これなら失敗してもすぐに対処が可能ですから。今回の仕掛けを見ると、失敗する確率は高かったと思います。爆弾みたいに教室のどこにいても殺傷できる仕掛けならまだしも、仕掛けの真下にピンポイントで被害者がいないと失敗するのですから。よって、伊野神センパイは事件当時、現場のすぐ近くにいたはずです。いかがですか伊野神センパイ？」

佐々木さんは半ば期待を込めた目線を向けてくる。そんなに俺を犯人にしたいのかい？

「あの時は……林さんの死体を見つけた十五時直前まで深川と一緒に部屋にいたよ」

それには同意する深川。それなら――と佐々木さんが続ける。

「伊野神センパイが犯人とは考えづらいですね」

「佐々木さん、ちょっといい？」

「はい？　なんでしょう？」

ここでイニシアチブを返上させてもらうが如く、彼女のロジックを覆すことにする。確かに彼女の考えは一理ある。

しかし間違った前提の上に築かれた論理故、それがどこまで積み重なろうが全て間違ったものになるのだ。

「時間差トリックが失敗するかもしれない。それに対処するため、現場近くに潜伏していた。確かに正しいけど、それならさ……そもそも時間差トリックを仕掛けるメリットはどこにあるんだろう？」

「メリット？　ですか」

「そう……メリット。この場合、そもそも時間差トリックとはあらかじめ仕掛けをセットしておいて、その場にいなくても対象に危害を加えることができるトリックのことをいう。そうすることで対象が危害を被った時間帯のアリバイを確保することで容疑者候補から外れることができる……これが時間差トリックを仕掛ける最大のメリットだと思う」

「ですよね……だから失敗した時のことを考えて――」

「いや、それは違う。失敗することを考えたらこのトリックは使えない。だって、意味がないから。結局その時間帯にその場にいなきゃいけない時間差トリックなんて、仕掛けるだけ無駄なんだよ。つまり、今回の時間差トリックについて真実を述べると――。

真実②　林さん殺害事件の仕掛けは時間差トリックではない

佐々木さんの言う通り、あれを自動で落とせるようにできたとしてもあまりにリスキーだ。そうすると、やはり失敗した時のことを考えないといけない。従って、現場近くにいなければならず、時間差トリックのメリットは一切ない。つまりあれは時間差で落ちたのではなく、犯人が故意に落としたということになる」

「……………うう、確かにそう考えると自然かもしれません」

素直に認める佐々木さん。どっかの深川とは雲泥の差だ。しかも奴は謝罪する気配を見せず！

「へぇーなるほどね」と新城。誰が口を開いていいと？

「うんうん！　凄いよ伊野神くん」と辻さん。「ほら深川くん……言い返さなくていいの？」

「うーん、いや……まあ確かにな」と深川。反論があるから食いついたんじゃないのかよ！？

「…………」沈黙を貫くのは堕天したかつての顧問。ちびちびとドリンクを啜る。

「じゃあ、やっぱり犯人は近くにいたの？」と上巣さん。東村との関係をばらされてもなお、その姿は気丈で。「そうじゃないと、仕掛けを作動させられないもんね」

「うん、そうだね。この仕掛けは時間差トリックではないので、事件当時犯人のタイミングによって落とされたと推測できる。犯人が超能力者じゃない限り、現場にいて林さんの様子を観察していないとまず不可能だ。従って犯人は事件当時現場の近くにいたことはほぼ間違いない」

「近くって、具体的にどこなの？」と国枝さん。ごもっとも。

「恐らく、教室の中だろうね」

「教室の中！？　それだと林さんに見つかっちゃうぜ？」

深川がいきなりオーバーリアクションで言う。肩の荷が下りたからって余裕だな。おい。

「あるんだよ。隠れるスペースが。岡本……わかるか？」

「え……えっと、ですね……えー」と岡本。そんな真剣に悩まなくても……。変な所が真面目なのは部長に似たのか？　「教卓……ですかね？」

「確かに。でも——」

「そこだと、回り込まれたら見つかっちゃいます」と佐々木さん。同級生に論破される哀れな後輩。「センパイ、掃除用具入れはどうですか？」

「ビンゴ！　恐らくそこに犯人は隠れていた」

大人三人はというと。これまた頻繁に口を挟むわけでもなく。

堕天顧問はともかく寺坂顧問は静かに場を見守っている。その面持ちは千手観音のように穏やかで。尾形さんが横でコーヒー（もちろんブラック）を注いでいる。

「いい、生徒さんたちですね」

「ふむ……この異常事態にもかかわらず誰が犯人かを話し合う……。教育者として達観してはならないことなのだが、もはやこの天候ではお互い手も足もでない。彼らが命の危機に瀕するような出来事が起こらないよう見守ることしかできまい……」

彼ら大人も託してくれている。

俺たちの可能性を信じている。

たとえ今犯人が錯乱したとしても助太刀してくれるだろう。安心して推理が出来る。伊野神けい、全開でいきます！

「……掃除用具入れから林さんの様子を観察していたんだ。当該用具入れの上部には隙間が空いているから造作もない。そして、仕掛けの真下に誘導して頃合いを見て作動させた」

「なるほどね。どうやって誘導したかはわかるの？」

そう言ったのは上巣さん。人工風がポニーテールを撫でつける。これは由々しき事態。何故なら男は揺れるものに弱いから！

「それはきっと机とイスだよ。仕掛けの下に置いておくことで林さんを自然に誘導したんじゃないかな？　誰だってイスがあったら座るしね」

「まあ、誘導はそんな感じかもしれないけどさ」と深川。そんな感じって……そんな感じですけど？　他に何か考えが？　「実際、どうやって仕掛けを作動させたんだ？」

「……そうだね。そろそろそれを考えようか」

へらへらする新城の横で沈痛な面持ちの朝倉。俺たちの話なんて聞いていないかのようで。

「事実⑰　林さんが殺された教室の照明カバーには擦れたような跡があった。

事件後に現場を調べて見つけたんだけど、吊り下げタイプの照明カバーに擦れたような跡があった。恐らくレンガは自重で落ちるように仕掛けられていたんじゃないかな。滑車の要領で。これによる摩擦でこの跡がついたんだと思う。

ここで事件当時の現場の様子を思い出してほしいんだけど、レンガは単純に当該カバーに結び付けられていたよね？」

「…………………」

しーん。

あれれ？

「はい！　確かそうでした。林センパイの……その、ご遺体を見てるとき視界の隅でレンガが吊るされていたのを思い出しました」

さすが佐々木さん。同じ後輩として岡本が気づかないなんて……ま、いっか。それを皮切りに徐々に声が上がる。

「ああ……確かレンガ吊ってあったな」と深川。上巣さん、国枝さん、辻さんも声を揃える。新城は放っておいて、朝倉は反応なし。岡本がここでようやく頷く。続けてよろしいようだ。

「レンガをくくりつけた紐を当該カバーに結んで、レンガを当該カバーの上に置いておく。ここで質問。この状態で落とすと、件の摩擦跡は残る？　残らない？」

答えは単純明快――否。残らない。

「ということは……」と佐々木さん。彼女の言葉と新たな真実が今、見事にシンクロする。これは運命共同――（自主規制）。

「真実③　発見時の結び方は犯人による偽装工作」

しかもこれは、明らかに犯行時の結び方と違うので犯人は相当焦っていたと推測できる。自重でレンガを落下させたのは事実⑰から明白。つまり仕掛け作動後、何かトラブルが起きて焦って偽装工作が甘くなった？

「トラブルって……」

そう、トラブル。

想定外の出来事の総称。ただでさえリスキーなこの仕掛け。この時生じるトラブルで一番考えられるのは――。

「真実④　自重でレンガを落下させて殺害する仕掛けは失敗した」

これしか考えられない。

仕掛けは失敗したのだ。

これにより犯人は早急な対処を余儀なくされたに違いない。

「ということは、凶器も別にある可能性がありますね！　伊野神センパイ」

「うんうん！　凄いよ伊野神くん。私、全然わからないもん」

「これを掃除用具入れの中で作動させたんだよな？」と深川。「どうやってやったんだ？」

「そうだな。滑車の要領で仕掛けをセットしてもきっかけがないと落ちないし、タイミングを見計らう必要があるから恐らく当該用具入れの中に紐を入れておいて、手を放したんじゃないかな。そうすると自重でレンガが落下するように当該カバーの上に上手く置いておいた。放したままだとレンガが床とかにぶつかって大きな音が出るから、すんでの所で掴んで止めた」

「それが失敗した？」

「恐らくな。そして当該用具入れにも手がかりが残されていた。

事実⑯　林さんが殺された教室の掃除用具入れの中に血痕が残されていた。

仕掛けが失敗した以上、犯人は別の凶器を使って林さんを殺害したことになる。この血痕はその時使った凶器が隠されていた証拠じゃないかと考えている」

「確かにそう考えられますね。でも犯人は何故殺害に使った凶器を隠したんでしょう？　それなら使った凶器を吊るせばいいのに」

実際に使った凶器を仕掛けに使ったかのように見せかければいいのに、犯人はそれをしなかった。それは何故か……？　思考ムードが場に広がる。

「…………」

そいつに無言で語りかけるが、やはり他人事のように考えるフリなんかを！　しかし視線をしきりに動かしては床に落とす様子を見る限り明らかに焦っている。林さんを殺し損ねたときもそんな感じだったのか？

「恐らく――」と俺。思考ムードを破る。

「実際使った凶器を隠した理由は凶器自体が犯人を示す場合、あるいは紐でくくりつけることができないもの、例えば球状のものだった場合だと思う。林さんは鈍器のようなもので殴られて命を奪われたからつまり凶器は硬いもの。これら条件を満たすものが、一つだけある……」

天空の主は、彼に恩恵を与え過ぎたことを悔いているだろう。

さあ、懺悔の時間だ。

「犯人が曝すのを拒んだ――」

今でも思い出すのは、林さんの眩しいほどの笑顔。

俺が荒らした砂場をトンボで均す部の母。

汚いウェアが嫌いだけど、彼女の手にかかればまた汚したくなるほど真っ白に。そんな彼女が天空の主のもとに、一足先に旅立ったなんて冗談は休み休み言えよ！

「あるいは紐でくくりつけることが困難な――」

スポドリをつくってくれるのが当然だと思っていた。我が陸上部はそんな縁の下の力持ちに支えられて存在しているという事実！　何故ここまで廃れないと気づけなかったんだ!?

「人を撲殺できるくらい硬いもの――」

走馬灯のように彼女とのやり取りが脳裏をかすめる。天海島に到着した直後の会話、テントでリレーを見ていた時の歓声、クソ顧問に何か言われて目を真っ赤にして泣いていた表情、その全てが微粒子となって拡散していく。ぶおーという人工風がこちらの気なんか全く気にせずズケズケと！　職員室の窓の外。深い闇の奥から彼女が戻ってきて。

『私を殺したやつを……コロシテ？　伊野神君。探偵デショ？』

この声が貴様に聞こえるか？

「それは――お前が一番よく知っているものだ」

そして俺は、そいつと真っ向から対峙した。

「砲丸はお前の誇りじゃなかったのか、岡本？」

## 46　この鉄槌で誰の頭を砕けばいい？

「え……部長、何言ってるんですか？　僕が犯人？」

「お前……林さんの死体が発見されて全員が集まったとき、掃除用具入れの前に仁王立ちしていたよな？　あれは、当該用具入れの中に血がついた砲丸が入っていたからじゃないのか？」

「いや……たまたまですよ。僕が犯人なわけないじゃないですか」

後輩は頑《かたく》なに認めようとしない。彼の絶対的な自信はどこから湧いてくるのか。

中学時代からインハイ常連、それどころか高校生で彼より砲丸を遠くに飛ばせるものは、この日本において誰一人としていない。その優越感があるいは自信の源泉かもしれない。

「では林さんが殺された日の十四時頃、どこで何をしていた？　上巣さん？」

「えっ？　私？　昨日だよね……うーんと」

「確か」と助け船をだしたのは佐々木さん。「私と辻センパイと部屋にいました。三一五です」

それに辻さんも頷く。

昨日の十四時というと、林さんが死体で見つかる一時間前。朝から二人の死体が見つかり、まるで通夜振る舞いのような食事をした後だ。全員が意気消沈していたので自室で過ごしていたのも頷ける。残念ながら裏付けがとれているわけではないけど。部長探偵ができることなんてたかが知れている。探偵として未完成だから。

「うん。わかった。ありがとう。じゃあ岡本、お前は？」

前へ倣えと言わんばかりに、後輩は逡巡することもなくさらりと言った。

「僕も自宅で過ごしていました。出歩くのは怖かったので」

「そうか……それは嘘だ」

「え……？」

「俺は十四時頃、お前の部屋に行った。しかし、誰もいなかった。なんで嘘をついた？」

「…………」

「答えてくれよ岡本？　俺の考えが間違っているなら言ってくれよ？　お前が仕掛けをつくってそれが失敗して、あろうことか砲丸で林さんを殺したなんて信じたくないんだよ」

どうか林さんの死が嘘であってほしい。犯人が同じ部の後輩だなんて嘘であってほしい。そんな願いは後輩の次の言葉で無残にも引き裂かれた。

「……失敗？　成功ですよ。だって、頼まれたことは実行できましたし」

「…………!?」

こいつ！

何言って――。

「おい、じゃあマジなのか!?」と深川。天海火山が噴火したような真っ赤な顔で。「お前が林さんを殺したのか？」

「だって、断れなかったんですよ！　出来ないとは言いたくなかった。僕には自信があるからやるしかなかった。砲丸を飛ばすみたいに簡単にできると思ったから……それなのに仕掛けが誤動して本当なら砲丸を使うつもりはなかったでも使わないと騒がれると思って――」

その先の言葉を言う前に、深川が岡本の胸倉を掴んだ。拳を振り上げたときに大人二人（堕落顧問を除く）が止めに入ったが、数秒遅かった。

「……っ！」

乾いた音が職員室に響いた。岡本は床に跪き、深川の拳は小刻みに震えている。

「お前……なんでだよ!?　マネさんに散々世話になっただろ！　練習の時、記録取ってくれたのは誰だ？　お前の掛け声に元気に応えてくれたのは誰だ？　お前の汗だくのウェアを洗濯してくれたのは誰だ？　誰のおかげでインハイ行けると思ってんだよ！」

「そんなの、記録出したからに決まってるじゃないですか。マネージャーなんて――」

その次の言葉が紡がれている最中、俺は『探偵』から『部長』になった。大人二人は深川を抑えているのでこのクソ恩知らずトロール野郎への道のりに邪魔なんて皆無。そして真正面から向かい合う。

「岡本……今までそんな風に思ってたのか？」

「だってそうじゃないですか。マネージャーなんて雑用係ですよ。インハイに行けるのは僕が練習して結果を出したからであって、マネージャーの有無は関係ないと思います」

「応援もサポートも必要なかったと？」

「はい。声援があったって、記録には何の好影響もしないです。というより、いつも能天気に楽しそうに部活に来ているのが少しウザかったです」

「だから……」と俺。ヤバい……この断罪の鉄槌でお前の頭を砕きたい。「殺したのか？」

「違いますよ。これは上巣先輩に頼まれたんです」

衝撃的な一言が場に投下された。当の上巣さんはバツが悪そうに表情を歪める。

「ちょ……嘘でしょ？　沙耶？」

「はは……嘘よ。嘘に決まってるじゃない……」

辻さんの問いかけにそう答える上巣さんだが、それ以上は何も言わなかった。そういえば林さんの死体が発見されて全員が集まったとき、彼女は笑っていた……。

「先輩、嘘つかないで下さいよ。言ったじゃないですか。綺羅を奪ったあの女が憎いから殺してって」

「やめてやめてっ!!」

場は岡本の告白を合図に修羅場と化す。

あっちでは上巣さんがヒステリックに『だって、あの女が……綺羅を！　綺羅を！』と叫び。こっちでは岡本が『だから僕の意志じゃない』とかふざけたことを垂れ流す始末。

「意志なんか関係ねぇよ！」

胸倉を掴むが、がっしりとしてびくともしない。

「お前が殺したんだ！　謝れ！　謝罪しろ！」

深川は今にも岡本に飛びかからん勢いだ。大人二人がいなかったら被害者が増えるかもしれない。しかし俺の中にも沸々と『殺意』が芽生えている。それは抱いて当然のヒトとしての感情。

マネさんを悪く言う奴に同情しろと？　そいつを肯定しろと？　ふざけるな！

「……部長」

「あぁ!?」

「マネさんですよ？」

「……？」

「また入れればよくないですか？」

生憎だが、そんな奴に今一度チャンスを与えるほど俺の心は広くない。

ヒトを殴ったことなどない温厚な部長だけど。

「――――っ!?」

こんなに誰かを殺してやりたいと思ったのは初めてだ。

ありったけの力を込める。頭が真っ白になる。殺してやる、本気でそう思う。

しかし、それは叶わなかった。

「…………」

振り上げた拳。それを振り下ろして岡本の顔面をめちゃくちゃに殴ってやろうと決意した右腕が、ピクリとも動かない。

「……伊野神」と俺の右腕を抑えている誰か。「……暴力は、やめなさい」

確か大人二人は深川を抑えているから……この声の主は、まさか……。

「……顧問」

それは我が陸上部の堕落した顧問、堂場仁。この期に及んで何を言うかと思ったら。

『いやいや、あなたがそれを言うんかーい！』と心の声。

「深川が殴ったときは止めなかったのに、俺の時は止めるんですね」

「……ああ、悪いと思っている。だから今度は見て見ぬふりはしない。私の生徒だから」

なんという身勝手さ！ その手を教え子の血で染めておきながら！

「あなたに……」と俺。「そんなことを言う権利はない！」

「わかっている！ 先生はとんでもないことをした！」

覇気と一緒に何か水滴が……ってこれ唾かよ！ うおえ！

「だから伊野神！ お前には先生みたいになってほしくないんだ！」

「めちゃくちゃですよ！ そんな綺麗事」

「伊野神、手をおろしなさい。そして『探偵』として事件を解決しなさい。これはお前にしかできないことだ」

「あなたにそんなこと言わ――」

「堂場先生の言う通りだ、いのかみ君」

「なっ!?　寺坂先生!?」

「今ここでおかもと君を殴っても、事件は解決せん。時には一歩引くことも人生においては重要だぞ」

「くっ……」

目の前の岡本を見る。視線は斜め下に向けられて。

反省の色すら浮かべていないこいつを前にして一歩引けと？　けれど、確かに殴ったところで林さんは戻ってこない。それなら事件を明るみにすることで少しでも手向けになれば……。振り上げていた拳をおろす。

「……わかりました。仕方ありません。話にもどります」

「うむ。よろしい。堂場先生も必死で罪滅ぼしをしようとしているんだ。起こしてしまったことは変わらん。しかしな、人間これから何をするか……その気持ちが一番大切なんだ」

寺坂顧問は得意げに人生観を語るけど、俺にはさっぱりわからない。教え子を殺して罪滅ぼしをすれば許されるのか？　それなら反省すれば人を殺してもいいってことにならないか？

「では、続きを話します」

胸倉を掴んでいた手を放す。

　ここで上巣さんの様子が気になって見てみると、彼女は顔を隠して泣いていた。辻さんと佐々木さんが彼女の背中や肩をさすっている。落ち着いた……と見ていいかな。とりあえず。

「えっと、林さん殺害事件について、実行犯は岡本。それを指示したのが上巣さん。岡本が当該仕掛けをセットしたのが当日十四時頃。午前中はバタバタしていたからセッティングの時間はなかったと思う。そうなると、昼食後から死体発見の十五時の間。俺は十四時に部屋を訪ねたけど岡本はおらず、本人は部屋にいたと嘘をついたことから、この時間帯にセッティングを済ませたのだと考えます。仕掛けに使ったものは恐らく物置などから調達したのでしょう。そして林さんを殺害。色々あって、凶器は砲丸を使った。殺害後に偽装工作。凶器は掃除用具入れに隠し、その後回収した。

　次に上巣さんから指示されたという点について。

　いつ、どのような話がなされたのかはわかりませんが、岡本は上巣さんから林さん殺害をもちかけられ、断れずこれを引き受けた。上巣さんが林さんに殺意を抱いた理由だけど、これは東村と林さんが付き合っていたからだよね？」

　半ば予想していたけど彼女は答えない。

　顔を上げようともしない。気持ちは察するけど……。

「……二股ってことか。東村の奴……」と深川。「最悪だな」

「綺羅……くんを……」と上巣さん。「悪く……言わないでよ……」

「岡本に頼んだのは、後輩で体格も良いからうまくいくと思ったから?」

その言葉に対する返答はなかった。

代わりに堰《せき》を切ったように聞こえてきた嗚咽が、その答えとなった。

## 47　マリオネット

「これで三つの事件、全て解決したな」

深川が馴れ馴れしく言ってきた。もう水に流したつもりみたいだけど、俺はまだ根に持っているからな!　許さんぞホストめ（褒め言葉になってしまった)。

「いや……まだ謎はあるんだ」

場は静まり返る。もうすぐ時刻は二十一時。そろそろ眠くなってきたが、決着をつけるために時に睡眠すら犠牲にせねばならない。

「伊野神くん、その謎って?」

辻さんが欠伸を噛み殺しながら言う。時折聞こえる雨音はだいぶ弱まったみたいだ。今日がこの島で過ごす最後の夜にならんことを……。

「それはね、悲鳴について」

「悲鳴?」と佐々木さん。「それって昨日の朝の?」

「あれは確か……」と深川。「国枝さんが先輩と東村の死体を見つけて叫んだんじゃなかったっけ？」

「う、うん……そうだよ。伊野神クンにも話したと思うけど？」

何故今更そんなことを？　言葉には出ないが伝わってくる。

「その通り。あの悲鳴は国枝さんが二人の死体を見つけて叫んだ。でもね、少しだけ不可解な点があるんだ。それをみんなに聞いてほしい。まずは事実から。

事実①　死体発見時、悲鳴を上げたのは国枝さん。

事実②　悲鳴を上げた場所はプールサイド。

事実④　伊野神、林、辻の三名は当該悲鳴を聞いていない。

事実⑤　悲鳴直後、中央館一階（東館側）と東館一階の渡り廊下のドアは開いていた。

事実⑥　中央館三階において悲鳴は段々小さくなって聞こえなくなった。

事実⑦　東館三階において悲鳴は特別変わったようには聞こえなかった。

事実⑧　東館二階において悲鳴ははじめ大きく、徐々に小さくなるように聞こえた。

事実⑨　悲鳴は西館には届かなかった。

はじめに事実④ならびに⑨について。俺、林さん、辻さんの三人は当該悲鳴を聞いていないんだ。この三人に共通することは、当該悲鳴がしたとき西館にいたという点。即ち事実⑨が導ける。異論等々はあるか？」

みんなを一瞥するけど、返ってきたのは静寂の返事のみ。

誰も俺の探偵劇を邪魔する気はないらしい。それならそれで構わず進めさせてもらおう。どうなっても知らないからな！

「あの悲鳴は西館に届かなかった。どうしてだと思う？」

「遠かったんじゃないか？　プールがある東館南から西館までは距離があるからな」

深川の返答もまあ頷ける。しかし単純に距離だけの問題ではないのだ。

「確かにそれも考えられる。しかし、先程提示した事実の中に『西館には届いてほしくないけど中央館、東館には聞こえてほしい』という明白な意思を感じるものがあるんだ」

「明白な意思？」

「そう、明白なね」

国枝さんの疑問に答える形で、探偵劇を進行していく。

「それは事実⑤なんだ。あの日の朝、天候は大荒れだった。そんな天気の中、渡り廊下のドアを開けておいたら水浸しになることは言うまでもない。しかしドアは開いていて、案の定床はびちょびちょだった。そうだよな深川？」

「そういえば……開いていたな。それで反射的にそっちに向かったんだ。新城と朝倉も一緒だった。開いていたよな？」

「確かに」と新城。こいつの話は信じる気になれないが。「開いていた気がしなくもないな」

「いや開いていたよ」

そう言ったのはなんと朝倉。思わぬフォローに俄然自信が増す。舌打ちが漏れそうな表情をする新城。構わず続ける。

「悲鳴直後、中央館一階において東館一階に繋がる渡り廊下のドアは開いていて、三人は反射的にそっちへ向かった。

つまりあの日、大雨だから普通はドアを開けたままにはしない筈なのに、東館に繋がる渡り廊下のドアだけがそれに反して開いてた。西館へ繋がる渡り廊下の扉は当然閉まっていた。さらに突き詰めると……辻さん？」

「ん？」と空返事が。もう少しだから頑張って！　「なに？」

「えっと、辻さんは悲鳴直前、西館二階にいたと思うんだけど、その時渡り廊下のドアは閉まっていたか覚えてる？」

「んーと、閉まっていたと思うよ。中央館から移動してきたときは閉めたし、その後開いた音はしなかったと思う」

「なるほど。ありがとう。続いて朝倉？」

「なに？」

「中央館二階の西館に続く渡り廊下のドアはどうだった？」

「……閉まってたよ。ちなみに東館側も」

これではっきりした。真実を披露する。

「真実⑤　西館に続く渡り廊下のドアは一階、二階ともに閉じられていた」

「悲鳴直後、西館は一階、二階ともに渡り廊下のドアが閉まっていた。三階に渡り廊下はないから、悲鳴は西館には届かなかった。これが真実でこれが黒幕の狙い」

「黒幕？」

場がどよめく。そう……犯人たちを影で操っていた張本人。彼らは彼女のマリオネットに過ぎなかったのだ。もしかすると、この俺までも……。

「話してくれないかな？　どうして君がそんなことを？」

「おい伊野神！　考え直せ！　それはどう考えたって！」

深川の怒号が耳をすり抜け。

「そうですよ伊野神センパイ！」

佐々木さんの懇願《こんがん》も蚊帳の外。

「うそ……うそでしょ」

辻さんの困惑を傍目に。

「………」

堕落顧問の沈痛な面持ち。千手観音はただ沈黙を守り。管理人はポーカーフェイス。

その他犯人や犯行にかかわった者は何も言わずにただ時間を浪費している。

「何故、西館に君の悲鳴を聞こえさせたくなかったの？」

我が陸上部第一の女神を、なぜ黒幕などと呼称しなくてはならないのか！

「ねえ……どうして？」

空しく漏れたその声は。でも確かに。女神の鼓膜を揺らしていた。

「………ききたい？　探偵さん？」

国枝さんは悪戯な笑みを浮かべた。

「そんな、嘘だって言ってくれよ？」

深川の不届き者が何たる暴言を漏らすか。信じろよ……国枝さんが今から懺悔しようとしているんだから。それしかできないじゃないか。

「ううん、いいの深川クン。ぜんぶ、ほんとうだから」

女神は下僕をいなすようにつぶやいた。

「西館に私の悲鳴を聞かせたくなかったのはね――」

「ちょっと待ってください!!」

今度は誰かと思えば佐々木さんで。目にはうっすら涙。震える手を胸の前で揃えて話すその姿は、戦乙女のようで。これが最後の抵抗とばかり、女神に『推理』という槍を突きつける。

「国枝センパイがプールで悲鳴を上げた場合、西館への扉が閉まっていたとしても屋外から声が届くと思います。大雨で聞こえにくくはなっていたと思いますが、全く聞こえないとは考えづらいです。従って、西館への扉を閉めておいたからといって、先輩が悲鳴を故意に聞かせたくなかったということにはなりませんっっ!!」

「…………」

その一撃はあまりにも優しく。ただ認めたくないだけ……そんな彼女の切実さが痛いほど伝わってきた。天空の主は、こんなにも優しさに溢れた後輩の持論を俺に叩き壊させようとしているのか……。偉大なる本格探偵小説神よ、あなた方はそれで幸せなのでしょうか?

「佐々木さん……」

「……?」

俺はあなた方が大嫌いです。

「君の推理は、棄却できるんだ」

「……何故ですか?」

ヒトの道を外れてまで神になりたいとプログラムされているのであれば。

「国枝さんが悲鳴を上げた場所は――」

俺は欠陥だらけのヒトでありつづけたい。

「プール……じゃないんだ。故に事実②は間違い。ここに真実を挙げる」

「真実⑥　国枝さんが悲鳴を上げたのは中央館の一階である」

「中央館一階!?」

乱れ飛ぶ反論の声。それなら東館にも聞こえないじゃないかとか。頑張れば西館にも聞こえんじゃね？　とか。ていうかまだやんのこれ？　とか。最後のはほんとすいません。って！　俺だってやりたくてやってるわけじゃないとあれほど！

「もちろん根拠がある」

ようやく沈静化。

「先程あげた事実⑥から⑧だ。

事実⑥、これは当時三階を調べていた深川の証言。

事実⑦、同じく三階を調べていた岡本の証言。

事実⑧、同じく二階を調べていた佐々木さんの証言。

ここから言えることは、それぞれの場所で悲鳴の聞こえ方が違っているという点。もしプールで悲鳴を上げたならそれぞれの場所で同じように聞こえる筈なんだ」

「それならっ！」

再び佐々木さんが優しさに満ちた槍を構える。ロンギヌスあるいはグングニルでも、そんな優しさでは彼女の信念は貫けない。その覚悟を貫くことなど……できやしない。

「中央館一階で上げた悲鳴も、各場所で同じように聞こえる筈じゃないですか！」

「その通り。同じ場所で上げた悲鳴なのに場所によって聞こえ方が違うのは不可解だ。距離の関係で時間が違うのはわかる。

　打ち上げ花火の音が距離によって聞こえるまでの時間が変わるのと同じ。ただしどちらも同じように『どおおおおん』って聞こえる筈。何故なら、打ち上げ花火は同じ場所で花咲くから。今回、それぞれの場所で聞こえ方が違うということは、前提である『同じ場所で上げた悲鳴』が偽であるということが言える」

「それなら中央館で悲鳴を上げて、東館でも悲鳴を上げたんですか？」

「いや……それだと聞こえ方は一緒になる筈だ」

「あ、そうか……ならつまり……えっと」

　傷ついても。その小さき手から槍がこぼれても。彼女は果敢に拾い上げ向かってくる。先輩として、探偵もどきとして……真っ向から切り捨てるその非情さよ。

「ここでヒントを出すと、事実⑤から中央館一階の東館への扉は開いていた。さらに悲鳴を上げた国枝さんはプールにいた。そして……彼女はマネさんではなく中距離選手」

「……っ！！　まさか！」

「わかった？　悲鳴がそれぞれの場所で聞こえ方が違った理由、それは国枝さんが悲鳴を上げながら中央館一階からプールまで走り抜けたから。こうしたことで、中央館では悲鳴が徐々に小さくなって聞こえなくなり、東館ではじめ大きく聞こえ徐々に遠ざかった。結果、それぞれの場所で聞こえ方が違った。どう？　国枝さん」

「……かんぺき。探偵さん」

肯定なんて俺だって望んじゃいないけど、やはり答えはそうなのですか女神よ。

「でも、あの時東館二階にいたのは私と上巣センパイでした。センパイは普通に聞こえたって言ってましたが何故同じフロアにいたのに聞こえ方が違ったんでしょう？」

「それはきっと上巣さんが東館二階の一番南にある進路指導室にいたから。下からの悲鳴は階段に近いほどよく聞こえるから、上巣さんには音の強弱がわからなかったのだと思う」

「そう……だったんですね」

力なく落とした槍を拾う気は、もうないようだ。

女神の告白を『推理』という槍をもって阻止しようとした後輩は息を潜めるようにしてステージから降りた。

そして、ついにこの時がやってきてしまった。

「さて……」

本格探偵小説神に捧ぐ『さて……』。この一言で世界をつくったと言うのであれば、俺はこの一言をもって反旗を翻そう。探偵は今すぐヒトの心を思い出すべきだ。

「国枝さんの悲鳴の謎が明らかになったところで、さっきの質問の答えを……」

「……うん。あの日の朝、失踪した二人を探すことになって伊野神クン、深川クン、岡本クンの三人が分担して三階を調べることになったのは覚えてるよね？　その時、西館に向かう伊野神クンを見て西館三階にさつきを向かわせたの。そして悲鳴を上げた。西館に響かせないようにしたのはそうすることで他の館にいたみんなに悲鳴直後、伊野神クンとさつきが二人きりだったって印象付けたかったから。

その後、沙耶に東村クンが二股をかけていることを伝えたの。そしてさつきを殺させた。まさか沙耶が岡本クンに頼むとは思わなかったな。でもいいカンジに失敗してくれたおかげで容疑が伊野神クンに向けられたから、別にいいけど。

結論を言うとね、伊野神クンと密会してたさつきを殺すことでその容疑を伊野神クンに向けさせたかった……それだけ」

それだけ……その一言がいつまでも尾を引くような気がして。

「……平田先輩事件と東村事件に関しても君が黒幕なんだよね？」

「うん。そうだよ探偵さん。あれ？　自信ないの？」

「多少ならあるよ。まず平田先輩事件に関しては先輩の財布にあった林さんと親しげに写った写真から、二人が恋人関係にあったことが予想できる。でも今はその関係じゃない」

「根拠は？」

「先輩が『さっちゃん』って呼んだのを本人が激しく嫌がっていたから」

構わず続ける。

「林さんは先輩のことが疎ましくて仕方なかった。だから堂場顧問に先輩を殺させた。それをネタに悲鳴を上げる前、西館三階に向かわせたんじゃないの？　彼女としては従う他なかった」

「さすが♪」

「何で堂場顧問に殺させたの？」

「ききたい？」

「ぜひ」

「先生はね」と女神。「初日の夜、私に言い寄ってきたの」

「……っ！！」

構わず続ける女神の魔性さよ。禁断の思いを暴露された堕落顧問はさらに地獄の底へと堕落していった。その身を地獄の業火で焼かれてもなお、その罪は消えないだろう。

「だから先生は私の下僕。言うことなら何でも聞くって。平田先輩を殺してって言ったらすんなり引き受けてくれたの」

ばしゃっ！　という水しぶきのような音がした。見ると空になった紙コップを寺坂顧問が思い切り潰していた。中身はない。そして堕落顧問の顔が薄黒色の液体で濡れていた。

「恥を知れっ！　なんという暴挙か！　あろうことか教え子に言い寄り、教え子を殺すなど！　あなたは教育者として失格だっ！」

先程はこれから何をするのかが重要だと言っていた口は、罪滅ぼしすら許さんと言わんばかりに悪罵《あくば》にまみれていて。それほどのことをしてしまったのだから、弁解の余地など皆無。大きなため息をついた寺坂顧問は手にした紙コップを乱雑にゴミ箱に放り投げる。バレー部の面々は委縮しながらその姿を見つめている。

補足として女神の口から洩れた言葉をまとめておくと、初日のミーティング後、二十時三十分過ぎにおいて顧問からアフターケアの名目で二十二時に教官室にくるように言われたらしい。次に俺が一‐六に入る直前、二十一時二十分頃、何やら先輩と国枝さんが話していたというが（岡本の証言）これは林さんに関する指導の名目で二十二時三十分に顧問が呼んでいたと伝えたとのこと。その後、二十二時に顧問と会い先輩の殺害を指示、のこのこやってきた先輩は殺され、死体はプールに遺棄された。

「……次に」と俺。内心コーヒーを食らわないかとひやひやしている。「東村事件に関して」

東村事件における女神の暗躍について追及を開始する。

「東村事件については先程述べた通り犯人は新城と朝倉。動機は東村の二股。果たして彼らはそれをいつ国枝さんから聞いたのか。

恐らく部活動後だと思う。それ以外に初日に話す機会はなかったように思うんだ。思い返せば部活後、国枝さんは顧問に課題を出すと言って一足先にいなくなっていたよね？　丁度その時、シャワーから戻るバレー部一行を俺たちは目撃している。そして俺がシャワーを浴びて戻るとき、一足遅くシャワーを浴びに行く国枝さんと会っている。このことから、俺たちがバレー部とは入れ違いにシャワーを浴びている間に、二人と話したと考えられる。どう？」

「うん……一足早く部活を抜けて二人に話したいことがあるって言ったよ」

「どこで話したの？」

「教育相談室。ちなみに東館二階ね」

「東館二階か……」

そう言えばシャワーを浴びに行く時、階段を上る音が聞こえたけどあれがそうだったのか。

「そこで私は二人に話したの。二人とも最初は黙って聞いていたけど、新城クンは激高してた」

「はあ!?　そんなの朝倉もだろ？」

「じゃあ、なんであんなに取り乱していたの？」

「はっ、そんなの……東村がムカつくからだろ。二股なんてかけやがって、調子こいてんだよ。ていうかそれは俺より朝倉の方が上だろ。こいつは上巣に」

「もういいだろう！」と俺。「また共犯アピールか？」

「ああ！　何度だって言ってやる。俺は共犯だ。主犯じゃねえ」

「……違うね」

「…………なんだと？」

開いた口から言葉が溢れだす。それは生き物のように。自我をもって。

「お前は朝倉、東村に劣等感を感じていたんじゃないか？　二人とも自分に足りないバックトスの技術があるから。朝倉はCクイックトス、東村はノーマルバックトスがそれぞれ得意だ。これに基本となるオープントスの技術が上がればたちまちレギュラー争いはこの二人の勝負になる。それが気に食わなかった。さらに東村はお前が好意を抱いている上巣さんと付き合いながら、うちの林さんとも付き合っていた。その事実を知り、怒りは殺意に変わった……違うか？」

「…………お前、なんで俺がバックトス苦手だって知ってんだ？」

「それは、部活中に練習見てそう思った。寺坂顧問に指導受けてただろ？」

「…………は、はっはは。お前のその度胸、なんなんだよ」

どちらが主犯だったのか、今の時点ではっきりさせることはできない。俺の話は一つの可能性に過ぎない。けれど、場の意見はまとまったかに見えた。

「…………」

朝倉が目で何かを訴えかけてきた。ありがとう……そう言っている気がした。一年の時から腐れ縁。こいつは絶対にこんなことしない。言われたら断れないところがあるから、きっと今回もそうだと信じている。音楽の趣味が合う奴に悪い奴はいないっていうのが持論であり願望。

「最後に訊いていい？」

「なんなりと、探偵さん」

「どうして俺に容疑を向けさせたかったの？」

我が陸上部の第一女神国枝さん。その小さな身体にどれだけの闇を抱えているのか。少しでも話して楽になってほしい、そんな一心で女神の前にひれ伏す。また一緒に部活がしたいから。みんなで思い出をつくりたいから！！

「……それはね」と国枝さん。「……え、っと……ね」と涙が。え？　なに？　どうして？

「それは、ね……私っ」

きらりと蛍光灯の光を反射する涙。大粒の命の滴《しずく》。命が煌めいて女神の頬を伝う。

そんな悲しみの涙を流すのは、この哀れな部長探偵で十分なのに……。

そして。

「伊野神クン……」

女神の口から発せられた言葉。

「伊野神クンのことが好き」

ドクン——。胸の高鳴りがうっとうしい。

空気を読まないときめきが、遠慮なしにぐいぐいと。

「犯人呼ばわりされた伊野神クンに寄り添って、特別な関係になりたかった。味わった痛みを共有して他の誰にも邪魔されない仲になりたかった。それだけ。ゴメンね……」

「そ……それだけって」と俺。今、好きって――。「それだけの理由で林さんを殺させたの？」

「うん……そう。犯人呼ばわりされた伊野神クンの心の支えになりたかった。けれどキミは『探偵』をやめなかった。そして自分にかかった疑いをあろうことか自分で晴らしてしまった。つけ入る隙なんてないよ。キミが探偵なら、私は聴衆の一人に過ぎないもんね」

冷たい女神の囁きが終わる。

彼女の告白は一生忘れないものとなった。こうして天海島連続殺人事件についての推理は終わりを迎えた。時刻は二十三時三十分。

「尾形さん」

「はい、なんでしょう？」

「校庭の照明ってつけられます？」

ざわつく心を静めるには跳ぶしかない。今なら三段跳び、夢の十三メートルが出るかもしれない。雨は止んでいるからチャンスだ。すぐにウェアを取りに寝室に向かう。

この魂の躍動を、抑えることなどできそうにない。

これは・け・じ・め。そして懺・悔・の・跳・躍。

俺・は・み・ん・な・を・守・れ・な・か・っ・た・か・ら。

# 四日目

## 48　ラスボスと裏ボス

シャワーを浴びて泥や汗を落とすと同時に『探偵』という使命も下水へと流れていく。きつかった。辛かった。それでもヒトとして足掻き、もがき、苦しんだ実感だけは火照った体の中に今も変わらず存在している。

東村、平田先輩、そして林さん。

合宿に来た時には確かに存在していた命が散ってしまった。嫉妬や欲望……そういった負の感情は安易にヒトを狂わせる。俺は探偵として、ほんとうに全ての謎を解いたのだろうか？　一縷の不安を振り払うようにシャンプーをつけゴシゴシと頭を洗った。

寝間着に着替え職員室に行くと、まだみんながいた。大人三人の姿は見えない。

「だから……本当だって」

「そんな話、信じられる訳ないだろ」

深川と新城が口論している。そこにおずおずと朝倉が割って入る。

「新城君の言ってることは本当だよ。僕も、ずっと気になってたんだ」

「……うそつけ～。それなら、なんで最初に言わなかったんだよ？」

「それは……」と、視線が下がる。

「オレが言ったんだよ。余計なことは言うなって」

そう言ったのは意外にも新城。先程までのギラついた目はなりを潜め、穏やかそうな表情で深川を見る。

「へぇー。どうせ拳で従わせたんだろ？」

そこで何故挑発する深川！？　しかし新城は素直に言った。

「もう探偵に暴かれちゃったしな。隠す気はねぇ。悪かったよ」

こちらをちらっと見ながら続ける。

「だから探偵さんに最後の謎解きをお願いしたいんだけど、いいか？」

新城と朝倉が話し出すと、佐々木さんたち女子陣も集まってきた。終わったはずの探偵劇が再開。とほほ。

話は一日目の深夜に遡る。

新城と朝倉は東村の死体をプールに遺棄した。そして二日目の朝、プールには東村と平田先輩の死体が浮かんでいた。これは全員が確認している揺るぎない事実。ちなみに二人が東村の死体を遺棄した時間は深夜三時頃。

「そん時、プールには何も浮いていなかったんだ。だから朝の光景にはびっくりしたよ」

「それはおかしいです。そんな筈は……」と佐々木さん。「確か……伊野神センパイ？」

「……ん？」

ヤバい……これは睡魔のおでましだ。今なら布団に入って五分で眠れる。

「堂場先生が平田センパイの死体をプールに遺棄したのは、深夜零時頃ですよね？」

「…………うん、そう！　深夜零時！　俺がトイレに立った時だから」

これは先程の探偵劇で証明された事実。

「新城センパイたちが遺棄したのは深夜三時頃。つまりその時間、プールには先客がいたはずです。新城センパイ？　本当に覚えていませんか？」

「ああ、はっきり覚えているよ。断じてプールに死体なんて浮いていなかった」

これに同意する朝倉。心変わりした新城を見る限り嘘ではないみたいだ。

「本当だって……。深夜三時頃、プールに死体なんて浮いていなかったから、その……捨てることができたんだよ」

「じゃあ、どういうことですか？」

深夜三時頃、本当に平田先輩の死体は浮いていなかったのか？

この矛盾はいったいどういうことなのか。

新城らと堂場顧問、どちらかが嘘をついている？

できれば古典的本格探偵小説の儀典にならい、読者への挑戦と銘打って丸投げしたい気分だけど、俺アレ嫌いだ。ひれ伏せ読者ども〜！　って言われている気分になるから……。

だから。

ここは最後の探偵モード起動。オプションオールグリーン。眠気ノイズ二十五%。

「……堂場顧問は深夜零時に平田先輩の死体を遺棄した。そして深夜三時頃、新城らは東村の死体を遺棄した」

「ああ……それがおかしいんだろ？」

「いや……おかしくない」

「はあ？」と深川。「それなら深夜三時頃、新城らは先輩の死体を見ているはずだろ？」

「だから、見てないって。てかいなかったって」

「それも正しい。信じるぞ朝倉？　新城？」

二人の頷きをしかと目に焼き付ける。ということは……。

「深夜零時頃、遺棄された先輩の死体を何者かが隠し、深夜三時頃に東村の死体が遺棄された後、先輩の死体をプールに戻した。恐らく更衣室に隠したんだ。こう考えれば辻褄は合う」

「確かに」と辻さん。「それなら朝見た光景と一緒だね」

上巣さんと国枝さんも曖昧に頷く。

「センパイ……ということはその何者かは深夜三時頃に死体が遺棄されると、あらかじめ知っていたということですよね？　新城、朝倉センパイの証言を真とすると、その何者かは堂場先生以外考えられません。そもそもプールに死体が遺棄されるなんて事実を知りえるのは犯人以外ありませんから」

「そう……なんだよなあ」

深夜零時に死体を捨てに来た顧問。しかし捨てずに更衣室に仮置いた。そして深夜三時過ぎ、東村の死体を確認後先輩の死体をプールにドボン。これしか考えられない。深夜零時に死体が遺棄されるのを知っていたのは、犯人である顧問以外いない筈だから。

「でもさ……堂場顧問に深夜三時頃、東村の死体を捨てに行くって言った？」

「はっ、そんなこと言うわけないだろ！」

「だよな～」

眠気ノイズ六十五％。

わけワカメだなこりゃ。こも～ん！　どういうことっすか～！

俺の心の声が届いたのかは定かではないが、職員室の扉が今開かれて渦中の人物たちが姿を現した。三人とも憔悴しているのは俺らと同じ。むしろ、寝不足がきついのはあちら様方だ。

「なんだ、まだ寝てなかったのか」

渦中の堂場顧問は寺坂顧問と尾形さんの影に隠れるようにして立っている。先程までの議論を話し、疑問を訊いてみると案の定の答えが返ってきた。

「知らないな」

「では、深夜零時に死体を遺棄した後、朝までプールには行っていないと？」

「……そうだな」

これでいよいよ探偵は窮地に立たされた。シャワーも浴びてやっと荷が下りたと思ったのに。深夜零時と三時。この時間帯に死体が遺棄されると知っていた人物？　そんなの犯人以外いないじゃないか。犯人同士の繋がりも本人たちの間で否定された。これはやらせか？　まるで……。

「未来がわからないと無理だな。どこのネコ型ロボットを使ったんだか……」

何気なく呟いた言葉。

未来がわからないと無理……。逆にすると、未来がわかれば可能。

そのとき、頭の中で小さな爆発が起きた。

他にもあった。今回の事件において、未来がわからないと説明できないことが。

ＲＰＧでいうとラストステージ。

今までさんざん悪さをしてきたラスボスを追い詰め、鬼畜な回復呪文のオンパレードにイライラしつつ二、三時間粘ってようやく撃破。消滅する間際、放った衝撃の一言。

『〇〇様に栄光あれー！！　ぐわわわあぁぁぁ！』。いやいや、誰だよ？　まだいるのかよ！

これほど萎える瞬間はない。ならもっと楽に倒されてくれよとコントローラーを投げた思い出。

そんな場面が今、目の前に広がっている。事件の背後で糸を引いていた黒幕を操るより高次元の存在が俺たちの前に現れようとしている。いわば裏ボス。

お前はいったい誰だ？　何が望みだ？

「国枝さん……」

「ん？　なに？」

憔悴しきった国枝さん。寝間着のスエットの袖で目をこする女神。こんな弱りきった彼女をさらに追及せんと身構える。

それは他でもない彼女のため。彼女を救うためなら、俺は喜んで悪役になろう。罵詈雑言《ばりぞうごん》を浴びようが構わない。また一緒に部活がしたいから！

「説明してほしいことがあるんだけど、いい？」

「……なんなりと」

「国枝さんは一日目の夜、二十一時二十分頃、一－六で先輩を教官室に呼び出した。指定時刻は二十二時三十分。そして二十二時、教官室で顧問と会い、見返りに先輩の殺害を指示してその三十分後にやってきた先輩を殺させた」

「……それが？」

涙で濡れる瞳。命乞いをする子猫のようで。

「時系列でまとめると。
①二十一時二十分　先輩を教官室に呼び出す。指定時刻二十二時三十分。
②二十二時　教官室で顧問と密会。言い寄られ、その見返りに先輩の殺害を指示。
③二十二時三十分　教官室にやってきた先輩を顧問が殺害。
つまり、②をあらかじめ予知していないと呼び出すことができないと思うんだ。

顧問、失礼ですが②の件、あらかじめ本人に言っておいたなんてことは……？」

「………」

力なく首を振る。そりゃそうだ……それでのこのこやってくる女神じゃない！　でもそれを利用する気だったとしたら……。

「国枝さんは、②の件は知っていたの？」

「…………」

押し黙る国枝さん。目線は斜め下へ。きゅっと結ばれた唇。どんな言葉も喉を通さないといった決意が滲み出ていて。知っていたらこれはもはや超能力だ。未来視なんて馬鹿げている。いくら女神といっても同じヒト。ゲームじゃあるまいしそんなことが――。

「……………知ってた」

その決意がふいに崩れて。

現れた言葉は衝撃的で。

「尾形さんが教えてくれたから」

彼女の視線の先。

こんな夜更けだというのにスーツを着こなす天海島校舎の管理人。

丸メガネが不気味に光り、石になったかのように固まる一同。

「……おやおや。とうとう私の名を出しましたか」

尾形正夫は冷ややかに言った。温厚そうな、世話好きな印象が見事に逆転した。いつしか両顧問も異様なオーラを察してか、尾形さんから距離を取っている。職員室の出入り口前に独り立つ尾形さん。ここは二階、飛び降りたとしても無事じゃ済まない。退路は断たれ完全に袋小路だ。

「……ほんとうに」と俺。震えを懸命にこらえる。「あなたが？」

「はい……いやだなあ伊野神先生、先程までの自信はどこにいったのですか？」

「……うぐっ」

痛いところを突かれ、返答の言葉もない。しかも先生？

「その通り。私が彼女に指示しました」と尾形さん。「そうなるとわかっていたから」

「わかっていた⁉　そんなことあるわけない！」

「いえいえ、私にだけはわかるんですよ」

「あなた、さっきから何を言っているのですか？」

わかっていた？　堂場顧問が国枝さんに言い寄ると？　だから前もって彼女に指示をした？

『顧問が二十二時に言い寄ってくるからそれを利用しなさい。前もって二十二時三十分に平田くんを呼び出しておくのです』って言ったのか？　はっ、あんたは超能力者か！

「ふふふ……そう硬くならないで伊野神先生。もっと柔軟な思考をもっていないと社会に出てから苦労しますよ」

「ぐっ……その、先生っていうのやめてもらえます？」

「これは手厳しいなあ」

場は完全に尾形さんのペース。見えない触手が絡みついてまともに呼吸すらできないような状況。酸素濃度がみるみる下がり、あらぬ白い点が視界に……。

「……プールの死体の件、これもあなたが？」

「はい当然。誰が死体を捨てに来るかもお見通しでしたよ」

「どうして、先輩の死体を……隠したんですか……？」

「それは深夜三時に捨てに来た二人が、先客がいるとテンパって別の場所に死体を捨てると思ったからですよ。二つの死体が同じ場所で見つかるのがシナリオだから、先手を打ったまでです。ていうか先生、そういう指示だったじゃないですか？　あ、まだ彼は知らないのか……これは失礼、こちらの話です」

「…………ぷっ」

ヤバい……思わず笑ってしまった。周囲から軽蔑と心配が混じった視線が向けられるがそんなもの気にしているほどの余裕はない。だって聞いたか今の話？　これがシナリオだと？

「おい朝倉」

「……え、なに」

「お前、また嘘をついたのか？」

「そ……そんなことないよ！　嘘なんか」

「じゃあ堂場顧問！　深夜零時に死体を一旦更衣室に隠しに来て、深夜三時過ぎにプールに遺棄したんですね!?」

「……いや、そんなことはしていない。俺は……深夜零時に、遺棄したよ。それから朝までプールには行っていない」

「じゃあじゃあじゃあ！　当該時間帯に死体が遺棄されるのを知っていたのは誰だ!?」

無言。そりゃそうだ……さっき自分で証明したじゃん。

誰も嘘なんかついていない。この期に及んで嘘など。

ガラガラと崩れていく推理の城。俺が今までやってきたことは何だったのか。

シナリオだから……それがこの事件の真実だと？

読者がいたら袋叩きに合いかねない結末！　探偵小説としてあるまじき行為！　『ここまで読ませといてふざけるな！』と俺が読者なら叫んでいる。それが真相だと？　ぬかせクソ野郎！

「さて……」

そして現れた高次元存在。時空を歪めて俺たちの世界に干渉してきた闖入者《ちんにゅうしゃ》にして絶対神。

弱り切った俺の心に響くそれは宣告であり、福音であった。

「では、改めまして。このシナリオの創造神……杵憩舞先生に御登場願いましょう！　拍手！」

ぱちぱちぱちぱち。乾いた拍手はファンファーレ。

ピンポーンパーン。

放送が始まる。当然だけど、ここ、職員室にはこの島にいる全生存者が集まっている。

『天海島にお越しの皆さま、初めまして。杵憩舞です』

# 49　裏ボスの言葉

『皆さまにおかれましては、悲惨な事件に見舞われ心中お察し申し上げます。特に探偵は稚拙な手がかりのもと推理を余儀なくさせてしまい痛恨の極みでございます。私の』

「おい深川！」

「……なんだ伊野神!?」

「放送室！　見てきて！」

「おっ、おう！　まかせな！」

「ねえ誰なのこの人？」

「伊野神くん、どうなってんの？　この島には」

「俺だってわからないよっ！」

『…………』

「センセイ！　この島には誰か他にいるんですか!?」

「いや……いないはずだがなあ」

「いませんよ。・・・ここには」

「なっ、何言って！」

『あの……』

「い……伊野神！」

「深川か！　どうだった!?」

「だれもいない」

「…………」

そんなバカな……。だって、ならこの放送はいったい？

「ちゃんと確認」

『そろそろ……』と放送。得体のしれないコエ。『よろしいでしょうか？』

コエは一同の沈黙を確認してからその冷気の放出を再開した。確認して？　天井やその四隅を見るが監視カメラの類はなし。盗聴器？　それは今すぐには確認できない。

『只今、この校舎の放送を利用して皆さまに話しかけています。そして今、放送室の様子を見てお気づきかと思いますが、そこに私はおりません。ではなぜこのようなことが可能か申し上げます。それは、この世界は私が創り上げた《小説》だからです。この世界のあらゆる事象は私《作者》の一存で決定します。まず、それをご理解いただきますようよろしくお願い申し上げます。その証拠に伊野神けい、君のメモ帳の事実⑩並びに⑪、細工をしたのはこの私だ』

コエは一方的に言葉を投げかけた。

それは到底理解できるものではない。

メモ帳？　＊＊＊＊のことか……これに細工だと？

肌身離さず持っていてどうやって細工を？　小説？　バカも休み休み言えよ。俺は今、この天海島校舎中央館二階職員室で確かに生きている！

『そんなこと、信じられる訳ないだろう？』

みんなの意見を代弁したのは深川。トレードマークの前髪をかき分け颯爽《さっそう》と言い放つ。コエはしばらくその言葉を咀嚼《そしゃく》して、それから言った。

『…………なるほど。信じられないと。それならば証拠をお見せましょう。尾形さん？』

「はい。先生」

と、徐に尾形さんは。

懐から鈍色に光る拳銃を取り出し堂場顧問へ……って拳銃！？

バアン――――ッ！！

職員室に響く一発の銃声。

誰もが一瞬目を背けた、コンマ数秒の僅かな時間。その間に、銃弾は一直線に突き進む。悪魔の咆哮。それは堂場顧問の眉間を――。誰もがそう思った。

「…………っ！？」

凄惨な現場を覚悟して目を向ける。そこに。

「…………なっ、なんだ、これは？　どうなっているのだ！？」

目を丸くした顧問。あれ、生きてるじゃん。良かったと思った刹那。

「…………」

あまりにも非現実的な光景に顧問同様、目を疑わざるを得ない。顧問の目と鼻の先、額から離れること約一〇センチ。その空間に一発の銃弾が浮いていた。

『現実において銃弾は止まることがあるでしょうか？　答えはイエス。銃弾の運動を邪魔する存在がある場合においてのみ、停止することはあり得ます。例えば分厚いコンクリートとかでしたら一部の銃弾や兵器を除いて途中で止まるでしょう。しかし、このように、距離にして数メートルの空間において銃弾の運動を邪魔するものが空気のみであるのにもかかわらず銃弾が停止することなど、現実の如何なる物理法則においてもあり得ない。そして今、現実では起こりえないことが起きている。即ち、この空間は非現実である……以上』

と。コエが言った。

『お分かりいただけたでしょうか？』

それが合図だったかのように。

銃弾は現実に帰ってきた。

コエに束縛されたことを悔しがるように。

止まっていた時間を取り戻すように。

一途な恋心のように。

もう誰にも邪魔させないと叫ぶように。

ひた走るは燃え上がる刹那の命、ラストスパート。

息を吹き返した銃弾は。

今度こそ。

堂場顧問の眉間を鮮やかに貫いた。

＊

堂場顧問は糸の切れた人形のように崩れ落ちた。散乱する書類には鮮やかな命の滴。さらっとしたトマトジュースのように広がっていく……。

「…………」

銃口からは薄い煙。尾形さんはゆっくりと銃口を下げる。誰も動かないし、呼吸すら忘れたかのように黙る。声を出したら撃たれるような気がして、恐怖で喉は乾き切っている。血の臭いは雷管後の火薬の臭いに置き換わる。叫び声すら皆無。ヒトらしさはこの合宿で失われてしまったみたいで。

『今の状況が分かったところで、そろそろ私についてお話させて頂きます。まず、杵憩舞という名前について。これはこの学園の名前でもあるのですが、何か気づいた人いますか？』

「…………」

『そうですか……まあ、ノーヒントで気づく人なんていませんよね。ではヒントを出します。ヒントはアナグラムです』

アナグラム？　言葉を入れ替えることで別の言葉をつくる言葉遊びの一種。

『…………私の名前、杵憩舞をローマ字に変換します。即ち、ＫＩＮＥＩＫＯＭＡＩ。さあ、何かわかりますか？』

「きねいこまい……いまいこ……」

佐々木さんが小声でつぶやく。他のみんなも考える素振りこそ見せるが思考は働いていないだろう。生死の瀬戸際で言葉遊びなんてやってられない。一体、それが何だというのだ……？

「ねいこき……まえきにき……けいこ……いこねい……いのまい……けい……」

いのまいけいって……ちょっとふざけすぎでしょ佐々木さん？　俺の名前みたいじゃ……。

「い……の……か……み……け……い」

佐々木さんが俺の名前を亡霊のように呟く。言葉遊びがいつのまにか幽霊ごっこに！

「ちょっと佐々木さん……それ俺の名前じゃん」

「いのかみけいになります……」

「はあ？」

「ＫＩＮＥＩＫＯＭＡＩ……並び替えると、ＩＮＯＫＡＭＩＫＥＩ。いのかみけい。センパイの名前になります……」

「………………………………………………………………………………は？」

『おや、後輩に一本取られたね。そう、このアナグラム……並び替えるといのかみけいになる。即ち私の正体は、伊野神けい。君だよ。天海火山が噴火して偶然合宿に来ていたダンスメンバー全員が帰らぬ人になった現実において、その十年後、二十七歳になってこの小説を書いている私は紛れもない、君なんだよ』

「……未来の、俺だと？」

『そう。まさに私は二十七歳になった君だよ。いきなりこんなこと言われても混乱するだろうから、少し現実の話をするね。

　今から十年前、十七歳だった私は陸上部の部長を務めていた。その年の体育祭でバレー部とダンスをすることになった。でも私はダンスなんて踊りたくなかった。やったこともなかったし、何よりバレーと関わりたくなかった。バレーは中学で懲り懲りだったから。そしてメンバー選抜の時に練習がしたいと言って辞退したんだ。だから現実のダンスメンバーは、今回のメンバーから伊野神けいを除いた計十一名。これに顧問二名を加えた十三名が現実において天海島に行ったメンバーなんだ。

　そしてあの悲劇が起きた。天海火山の噴火。島は一瞬にして分厚い噴煙に覆われ、火山灰が容赦なく降り注いだ。落石や火砕流などで島は地獄絵図と化した。テレビ中継を見て愕然とした。そして追い打ちをかけるようにして流れたテロップは今でも目に焼き付いている。

【合宿で訪れていた高校生九名の死亡を確認。残り二名並びに引率の教員二名は行方不明】。そう……みんな、死んじゃった。校舎は閉鎖され、島は今でも人の立ち入りが厳重に制限されている』

俺は自分の掌を見つめる。

薄い皮膚の下には血管が無数に走っていて、赤血球が絶えず酸素を全身に運んでいる。心臓は規則的な動きをして。脳は絶え間なく思考し。水晶体は目に入ってくる光の量を調節している。

深川が見える。岡本が見える。新城が見える。朝倉が見える。上巣さんが見える。国枝さんが見える。辻さんが見える。佐々木さんが見える。寺坂顧問が見える。堂場顧問が死んでいる。尾形さんが笑っている。

「先生」と尾形さん。「もう私の役目はないですよね？」

でも現実では。

『そうだね。感謝しているよ。私の刺客として申し分なかった』

深川は死んでいる。岡本は死んでいる。新城は死んでいる。朝倉は死んでいる。上巣さんは死んでいる。国枝さんは死んでいる。辻さんは死んでいる。佐々木さんは死んでいる。寺坂顧問は死んでいる。堂場顧問は死んでいる。林さんは死んでいる。平田先輩は死んでいる。東村は死んでいる。

「ありがとうございます。では余興を存分にお楽しみ下され。最後に私から、置き土産を――」

辛かったよなあ？

熱かったよなあ？

苦しかったよなあ？

でも今、確かに……みんな生きているじゃないか。

「貴女は最後に私との約束を破った。決して私のことは公言しないようにと言っておいた筈なのに。先生はあなたに渡したいものがあるとのことです。代わりに私から、先生からの伝言も込めて」

この命が虚構と言うのならば！　それをしかと受け止めよう。

しかしこの命！　鼓動！　これは紛れもなく俺のものだ！　俺たちの命だ！

『さようなら。初恋の人』

バアン――――ッ!!

再びの銃声。気づいた時にはもう遅かった。

「――――っ!?」

放たれた銃弾は。

我が陸上部第一の女神、国枝さんの左胸を貫いた。

「――え」

どくどくと、溢れる命。命の滴が、ああ、こんなにもあっさりと！

「ああ真希……なんてこと」

辻さんが抱き起す。その両手も次々溢れる命の滴でいっぱいになる。命が、流れていく。ライフストリームとなって、どこか遠い所に行こうとしている……。

「あの野郎！　どこか行きやがった」

悪態をつく新城。寺坂顧問、深川、岡本は保健室に直行中。上巣さん、佐々木さん、辻さんの三人で懸命に声をかける。その様子を残った男性陣が見つめる。

「はっ……ぐ……はあ、はあ」

そうだ……これは現実じゃない。夢だ……悪い夢だ。早く醒めろ……醒めろよ！

醒めたら現実が待っている。その現実の国枝さんは……死んで――。

「い……の……かみ、クン」

「……大丈夫だよ。安心して。すぐ……良くなるから」

命の滴ごと彼女の手を優しく握る。むせ返るような命の滴のにおい。

「ゴ……メン、ね」

「え……？」

「……みんなに、めいわくかけちゃった。さつきを、私が――」

「もういい！　もう、いいよ！」

「きっとね……私、後悔……してないと、おもうの」

げんじつのこと、と彼女。

どうしてと訊くと、痛みをこらえながら小さくわらった。

「みんなと……」

いつの間にか三人が戻ってきていて。

全員、固唾を呑んで見守る。その様子を感じてか、彼女は安心したように目を閉じて言った。

「一緒に部活が……できた、から」

しばらくしても彼女の目は開かれなかった。天に向けての旅を開始したのだ。その旅路が安らかであることを。おもいでをありがとう。またあえる日まで……さようなら。

＊

「おい」と俺。「聞こえてんだろ？」

『お呼びかな？　伊野神けい』

「訊きたいことがある」

『なにかな？』

「お前がこれを書いた動機はなんだ？」

『動機？』

「どうして探偵小説なんだ？　天災で失われた友人を登場人物として描写し、あろうことか殺人劇にしたその動機を教えろ。しかも林さん、平田先輩、東村、堂場顧問……そして国枝さんはここでも命を落とした。これは不謹慎極まりない。お前は、そんな人間なのか？」

『……その質問に答える前に、この十年のことを話してもいいかな？』

俺が沈黙していると、肯定と受け取ったコエが語りだす。

『その後の高校生活は失意のまま過ごした。ぽっかりと空いた穴は塞がるどころか、時間が経つにつれて徐々に大きくなっているように感じた。ダンスは残ったメンバーでやることになったけど、あまり良いものには仕上がらなかった。お葬式で歌った合唱の方が印象に残っているくらいだよ。一生分の涙を……流したと思う。

その後、大学に進学した俺は生物学を専攻した。高校の時習った細胞や遺伝子などの講義は興味深かった。実習ではマウスの解剖とかもやったけど、なんだか、手を下すことを躊躇してしまった。綺麗な目でさ……こっちを見るんだよ。でも安楽死させないと単位がもらえないから、一思いにやったよ。その時の感触は今でも覚えてる。首の骨が、こう……木の枝を折るときみたいにピキッていうんだ』

コエは続ける。これは俺がこの先辿る道のり。遥か未来から届くメッセージだ。

『研究室に配属され、大学四年の一年間は免疫系の基礎研究をして卒業論文を書いた。内容は【軟骨魚類であるネコザメの血液細胞の固定および細胞内染色】』

「……ネコザメ？」

『そう……ネコザメ』

「俺……そんなのに興味あるの？」

なんだか変な感覚。自分に向かって質問するなんて。

「ネコザメって、水族館にいる小さいサメだよね？」

辻さんが、何故か俺の方を見て訊いてくる。

「いや……俺も知らないから！　未来の俺に訊いてよ！」

『それは多分、トラザメかな』

未来の俺のナイスフォロー。トラザメも勿論知らない。何故かサメに詳しくなる未来に若干の戸惑いは隠せないけど。

『まあネコザメはさておき……研究内容はね、採血して血液中の白血球を遠心分離で採取して固定する。固定っていうのは簡単に言うと細胞の時を止めることだね。そして細胞内にあるアクチンフィラメントに特異的に反応して蛍光を示す試薬で染色するんだ。あ、アクチンフィラメントっていうのは貪食《どんしょく》細胞が形を変えて移動するのに必要な……簡単に言うと筋繊維みたいな……』

「……伊野神」と深川。「お前、こういう所は変わらないんだな」

「ふぁ！？」

俺って……こんなにめんどくさいのか？　我ながら恥ずかしい……。

「この前だってこのゲームの良いところはストーリーだとか、ここでの演出は序盤のこのシーンがないと全然だめだったとか熱弁をお振る舞いしてたぜ。順調に語り癖は成長するみたいだな」

「まあ……好きなことに関しては誰だってそうでしょ？」

「いや、部長はすごいです」と岡本。「自分、ここまで好きなもの、陸上以外ありませんから」

「な……何言ってんだよ。お前はその陸上がすげぇんだからいいじゃんか」

表情が曇った後輩に何か続けようかと思った時に、佐々木さんが声をあげた。

「センパイは今、どんなお仕事をしているんですか？」

それは俺も気になっていたことだ。

生物学の勉強をしたのだから、何かの研究をする仕事をしているのだろうか？　よくニュースとかで白衣を着て何かしている人たちを見るけど、あんな感じの仕事かな？　俺、生物学やりたいって思ったのは白衣を着ることに憧れているからでもあるんだよな。

『…………………仕事は、ね』

珍しくコエが躊躇する。それが露見するのを恐れるみたいで。

先程までの饒舌《じょうぜつ》は、重苦しい沈黙に変わった。

自分が話したいことはしゃべるくせして嫌なことは話さない。その性格も健在らしい。

『分析機器とかに使われる部品をつくるメーカーで働いているよ』

沈黙を破って聞こえた事実は。

生物学を勉強した人が就くような仕事じゃなくて。

その未来に、俺はしばし唖然とした。憧れの白衣はどこへ……。

『今は工作機械を使って部品を加工する職場で働いている。一㎜の千分の一単位という細かい加工、精密加工をしている。今の仕事は学生時代のマニュアルに沿っての作業とは真逆で、とても職人的な仕事だ。機械によってクセも違うから慣れるしかないし、中でも研磨といって表面を磨いてピカピカにする作業が一番職人的なんだけど、狙った通りにいったときはやりがい――』

「……なんだよそれっ！」

『……………』

「精密加工？　生物学やってたんじゃないの？　それなのになんでそんな仕事してるんだよ！　なんだよ……白衣着て、細胞とか受精とか、そんな仕事してるんじゃないのかよ！　何のために生物学勉強したんだよ？　工作機械なんか興味ないだろ？　これが未来……？　マジかよ、まじふざけんな！」

自分のことなのに、自分の行動が全く理解できない。漠然と抱いていた白衣を着て仕事をする未来が惨めに壊された瞬間だった。あろうことか、自らの手によって。

『………そんな仕事？』

ひどく冷めたコエ。

『お前、大人の仕事ナメんじゃねぇぞ？』

冷静さの中に怒りを秘めたコエ。これも知っている。本気で怒りを露わにしたときの声だ。

『生物学を勉強していた人間は全員研究職に就くとでも？　工作機械を使った仕事に就いちゃいけないと？　確かに生物学の知識、経験なんてほぼ役には立っていない。細胞を染色する技術とか全く使わない。その点においては全く役に立たない。

けどな、仕事を行う上での考え方や効率化させるための手順整理、コミュニケーション能力、顕微鏡検査とか……挙げだせばそれこそ短編小説一冊分くらいの間接的に役に立ったことがあるんだぜ？　直接的が無理なら間接的に役立てればいいんだよ。

役に立つかじゃない。役立てるかどうかだ』

俺は今の会社で働けることを誇りに思う。おかげで一つの夢が叶いました。

俺の話に耳を傾けてくれる人がいる。ありがとうございます。

わざわざ感想を言ってくれる人がいる。貴重なお時間を頂戴してしまいました。

俺の技術を信頼してくれる人がいる。やっと半人前くらいにはなりましたか？

間違いを正してくれる人がいる。間違いを正せる上司になりたいです。

本当に色々な人がいる。この人たちとは今の会社に入らなければ出会わなかった人たちだ。この出会いに感謝している。だから夢を語れる。今までやってきたことは、一秒たりとも無駄ではなかったと、本気でそう思う。

確かに最初はお前みたいに考えた。畑違いだなって思った。

　でも、畑が違くても使えるものがあるんじゃないかって考えたんだ。うまくいかないことも学生時代の研究活動において試行錯誤した経験が生き、やり方を教える時には研究内容をマニュアルにまとめた経験が生きた。細胞をカウンターでカチカチ数えた経験は、顕微鏡業務のスムーズな遂行に役立った。

　あとは大したことじゃないけどこの前、研究活動で培った試薬を均等に混ぜ合わせるピペッティング技術が役に立つ時があった。

　研削液、なんか知らないよな。何かを削ったり切断したりすると摩擦熱が発生して加工時に熱をもってしまい最悪重大な事故に繋がる。これを防ぐため主に冷却機能と加工ストレスの低減を目的とした専用の液体を用いるんだけど、それが研削液だ。これを数%入れて水とよく混ぜる作業があって、その時このピペッティング技術が役立ち、泡立たせることなく均等に混ぜることが出来た。

　ほら見ろ。めちゃくちゃ役立ってんじゃん。

　それにさ、本当に研究職に就きたいって思っていたのか？　そのために何か努力したのか？

……してないよな？　自分のことだからわかる。勉強なんてやれば誰だってできるんだよ。問題はそれをどう生かすか、明確なビジョンを描けるか。問題意識をもって行動できるかだ。

　ここで、探偵小説的な真実を挙げる。

## 真実⑦　伊野神けいは研究職には就けない。

憧れだけで収入が得られるのなら誰だってそうするさ。みんなそういったせめぎ合いの中で苦労して、夢を持ち、何かに折り合いをつけながら働いて、生きているんだ。もし本当にお前が生物学の勉強をしてその知識・経験を生かした仕事に就きたいのなら、まず何が足りないのか考えることだな』

「…………」

言葉もでない。十年後の自分、人生の大先輩からのメッセージに委縮するのみ。憧れ。ただ勉強したい。学びたい。そこでストップしていた自分の浅はかな思考。

「あなたは」と俺。自分に敬語を使うことになろうとは。「それで満足なんですか？」

『……難しい質問だね』

「十年前の自分に言われるのは嫌だと思うけど、生物学を学んだのだからそれを直接的に生かしたいという気持ちは今のあなたの中にもあると思います。そのための努力はしていますか？」

『してないなぁ』

「……え!?」

『現在そのための努力はしていない。それでも、夢はあるよ』

コエは笑いながら言った。顔は見えないけど、わかる。

『今までの経験を盛り込んだ小説を書いて自費出版したいと思っている』

「……！！」

『今の仕事はさ、お客さんの要望通りのモノをつくる仕事だ。図面といって、ここは何センチから何センチの間でここはこういう仕上がりにしてくれとか、全部書いてある書類をもとに仕事を組んでいる。だから当然、五センチと要望がある所を六センチにしたら不良品になってしまうんだ。高い分には低くすることが出来るけど、逆はアウトだね。だから日々、狙った形にするべく色々なことを考えて、相談して、技術を磨いている。

そんな時、ふとこんな仕事をした。会社で催すお疲れ様会のパンフレットをつくる仕事だ。

日時、場所、注意点、タイムテーブルなど必須事項は書かなくてはならない。それは言わば図面に書いてある要望だ。でもさ、それ以外は自由なんだよ。キャラクターを載せてもいいし、カラフルな装飾にしてもいい……とにかく自分が面白いと思ったことは何でもしていいんだよ。図面なんかない。全ては俺の創造性、クリエイティビティ次第だ。

この仕事を通して、俺は図面に束縛されないモノづくりの楽しさに気づいた。それは日々、図面に束縛される仕事の厳しさを知っているからこそ思えたこと。当たり前だよ、図面通りになんなかったら客はそんなモノ買わない。だから全力で客が要望したものをつくらないといけない。そんな日々を送っているからこそ、図面がないモノをつくってみたいと感じることが出来た。

そこで選んだモノ、それが小説だ。

これを形にして、流通させたいと思っている。友人を亡くしたあの日から十年、生きられなかった友の分も必死で生きていると言ったら誇張に過ぎないけど、この十年様々な困難があった。それらを全部ぶち込む。一切の妥協なく。


そして今、この瞬間、二十七歳の伊野神けいという人間がこんなにも無様に、けれども必死で生きていたんだと存在証明をする。それをただ、知ってほしいから。

夢を形にするにはお金がいる。夢を形にしてくれる人達にとって、それは仕事だから。

夢はお金で買える。でも出せるお金は限られている。

それなら出せる範囲で、足掻こうじゃないか。

それが夢だから。

俺はモノづくりがしたいから。おもしろいものをつくりたいから。


さっき、何で探偵小説なのかって質問したよな？　その答えは――。
・・・・・・・・・・・・・・・・・・・・・・・・・・・・・・・・
もう二度と来ない青春をいま生きているんだとお前に実感してほしいから。

探偵小説は登場人物が犯人によって殺害され、犯人の正体、その殺害方法や理由を読者が推理して、答え合わせを楽しむ娯楽小説だ。

これに自らを登場させることで人の死に触れさせる。

その上で生きているって実感してもらいたいんだ。だから当然、伊野神けい……お前は物語が始まる前においてその生存が私によって保障されていた』

「そのために……林さんや平田先輩、東村や堂場顧問、国枝さんは死ぬ予定だったと？」

『申し訳ない。それがシナリオだから』

外野からすすり泣く声、怒りをこらえた嗚咽、真っ赤な熱気がマグマのように煮えたぎるのを感じる。それでも声をあげないのは、俺への配慮か。この小説の主人公は俺だから。これは俺への試練だ。

「ふざけるなよ！　現実で亡くなった友人を殺すような真似を！」

『それについては、弁解の言葉はもたない。全てはお前の、未来のため』

「こんな不条理が……あってたまるかよ！」

『きっと……わかってくれる。共に部活をした仲だからわかる。わかってくれるはずだ。なあ深川？』

「……!?」

突然の指名に焦る深川。

『お前なら、わかってくれるよな？』

「…………」

「深川ぁ……悪い……ほんとに悪い」

深川のみならず、ここにいる全員に対して俺は懺悔の気持ちでいっぱいだった。俺は本当に誰も救えなかった。救えないどころか、その命を弄《もてあそ》んでしまった。創作の中でとはいえ、その命を……踏みにじるような真似を……。

「……伊野神」

深川からの拳が飛んでくる……。そうなっても仕方がないことを俺はしたのだ。

歯を食いしばる。

「これって、未来のお前が書いた小説だっけ？」

「…………？」

突然の問い。答えられずにいると、奴は構わず続ける。

「……ありがとう」

「え」

予想だにしない言葉。

「現実の俺たちは高校生で死んでいる。そんな俺たちを十年という月日を経てこうして生かしてくれた。そのことに俺はお前に感謝を伝えたい。ありがとうな。なかなかイカすことするな、二十七歳のお前は」

「だって、お前……死んでいるんだぞ？　ここは創作の世界なんだぞ？」

「伊野神いいいいいっっ！」

バシンッ――！！　ここでやってきた鉄拳！　俺は後方の机に激しくダイブした。

左頬がジンジンする。顎を動かすたびに鈍い痛みが走る。

「痛いだろ？　ここは現実だ。未来のお前にとっては虚構の世界なのかもしれねぇ。でもな！　俺たちにとっては紛れもない現実なんだよ！　今日は八月十三日！　時刻は午前三時二十八分！　生きているんだよ。俺たちは」

「でも林さんや国枝さんは――」

「彼女たちも生きていた。現実では死んでいてもう生きられない彼女たちも、初日の天海島に向かう船の上では確かに全員生きていたじゃないか！　もう叶わないのに、未来のお前がその夢を叶えてくれたじゃないか！　確かに散った命もあるけど、それは未来のお前が今のお前に夢を託すため……それくらいわかってくれるさ。少なくとも俺はわかってるぜ。一緒に部活をした仲だからな」

「僕もそう思います。言われてやったとはいえ、林先輩の命を奪ったのは僕です。自信過剰ゆえ引き受けてしまったのは心の弱さがあったから。そんな弱い僕にもう一度、砲丸を投げる機会をくれたのは先輩です。本当にありがとうございます。そして……本当にごめんなさい」

「俺もサイテーなことをした。能力が無いのに能力をもっている奴を憎むなんて最低だよな。だからさ、もっと練習しなくちゃダメだってことを痛感した。お前のおかげでそれに気付けた。まあ、課題は残っちまうけど。朝倉……ほんとにわるい」

「いいよ。止められなかった僕も悪いんだから。伊野神、ありがとう。今度は試合したいな……なんちゃって」

「おぉ！　朝倉センパイの冗談、初めてです！　伊野神センパイと今度はバレーがしたいです。よろしくです」

「うんうん！　すごいよ伊野神くん。現実を創っちゃうなんて。ほんとに、ありがとう。色々あったけど、楽しかったよ」

「私はとんでもないことをしてしまった。私が彼女を憎む心は、紛れもなく本当だったから。今度はその罪滅ぼしがしたい。もしその機会があるなら何だってするから！」

最後に口を開くは寺坂顧問。その表情は悔しさで歪む。

「若さ故に苦しむか。こんな年寄りが生きていられるのに……若い命が花開く前にっ！　しかし悔いはない。若者に夢を見せるのが教師の務め。その信念は、火山の噴火ごときで揺らぐものではないと自負している。きっと、最期まで私は『教師』でいたことだろう。ありがとうな、いのかみ」

この命をありがとう……全員のメッセージ。
俺はなんて良き仲間に恵まれたんだろう。

『伊野神けい。過去の俺よ。お前に伝えたいことがある。
青春を歌え。踊れ。戯れろ。それがこの先待ち受ける大人と戦う為のたった一つの剣となる。信頼を得たいのなら行動しろ。金魚のフンと一緒だ。信頼は勝ち取るものじゃない。くっついてくるものだ。背中で語れ。後輩はいつでもお前の背中を見ているぞ。たまには振り返れよ。

恋愛をしろ。異性ともっと交流しろ。

ゲスな思いがあって言っているんじゃないぞ！　大人になったら大人の恋愛をしないといけない。学生の恋愛気分じゃ女性は振り向いてくれないぞ。今の内だ、今の内に練習しろ。でないと……わかっているな？　お前はきっとこの小説を書く羽目になるぞ。それでもいいのか？　こんな妄想だらけの小説を書く未来だけは何としても避けてくれ。これに一年以上時間を割いてんだぞ？　そんなの嫌だろ？　こんな鬼畜な作業はプロに任せておけばいいんだよ。

趣味や考えを主張しろ。

相手の反応なんて気にするな。お前の形状を相手に伝えろ。凹《おう》面でも凸《とつ》面でもいい。クレーターのように大きく窪んでいても、山のように大きくせり出していても良い。凹面と凸面が互いに魅かれ合うように、お前の表面に魅かれる相手がどこかにきっといる筈だから。

一センチメートルの人生が半分になったらもう元に戻ることはない。お前の寸法は徐々になくなっていくだろう。削られていく人生の中でその命を燃やせ。零になるまで燃やし尽くせ。

もっと仲間をつくれ。

今、俺は『読書会』という本好きが集まるコミュニティに参加している。本は読むものじゃない。共有するものだ。一人で読んでばかりいないで、お前が心の底から面白かった本をプレゼンしろ。初回は緊張して帰ろうかとすら思うが、その一歩を踏み出せ。そうしたら目の前には見たこともない世界が広がっているぞ。

本が繋いでくれた縁……大切な仲間たちだ。本当にありがとう。

最後に家族への感謝の気持ちを忘れるな。この十年、お前にとってはこれからの十年だが、本当に支えられっぱなしだった。部活の遠征代、備品代、学費……。今のお前が当たり前だと思っているお金は、家族が汗水垂らして働いたお金だ。


生きるとは孤独で辛い。働いてわかった。こんなものを書かないとやってられないくらいに。

だから少しずつでいい。親孝行をしろ。感謝の気持ちを決して忘れるな。

周りの声なんて気にするな。お前が決断しろ。

小説好きな家族に恵まれたことを誇りに思いながら生きろ。

お世話になった人たちに感謝するために生きろ。

それがあればこの孤独な戦いも少しはマシになろう。以上だ。健闘を祈る』

## 50　フィナーレ

その言葉を最後にコエは完全に沈黙した。長い夢から醒めた感覚。頭がぼんやりする。

「そっかあ」と深川。「これ、小説なんだな」

「そうだよ。なに、やっぱり嫌か？」

「そうじゃないけどさ。ってことは、読者がいるってことだよな」

「……そうだな。いるんじゃないか？」

「何か気になることでもあるんですか深川先輩？」

「いや……なんつーかさ、そいつらからしてみたら、俺たちは登場人物に過ぎないんだよな？なんか、ムカつかね？」

「うーん。深川くんにしては深いね。あ、別に狙ったわけじゃないよ！」

「センパイ、別にいいじゃないですか。私たちが生きているって実感できれば」

「ああ、そうだな。ならさ、提案してもいいか？」

みんなが深川を見つめる。

「俺たちさ、来月のホムフェスのダンス練習でこの島に来たんだよな？　ならさ、もっと生きているぜーっ！　って実感したくないか？　せっかく生きているんだから」

「ほうほう……つまり？」

「つまりー？　ほら朝倉くんも！」

「え!?　えっと……つまりー？」

「それが、罪滅ぼしになればいいな。うん、つまりっ!?」

「深川センパイ冴えてますね！　つまり！」

「深川先輩無茶ぶりですよ。まだ全然上手くないのに。まあでも！　つまりは！」

「いいな、それ！　未来の俺に見せてやろう！　青春の煌めきを！　つまり!!」

「よしっ！　んじゃあ決まりっ！」


「**ダンスを踊ろう！**」

「あと寺坂先生！　頼みがあるのですが、私にバレーボールを教えてくれませんか？」

「ふむ。理由を訊いてもいいか？」

「はい。私は中学時代バレーボール部でした。しかし練習の厳しさ、試合のプレッシャーなどからいつしかバレーボールが嫌いになりました。ですが今、バレーボールともう一度向き合いたいです。そしていつの日か、バレーボールを楽しくプレーしたいです。大人になっても続けられるように手ほどきを受けたいと思います！　よろしくお願いします！」

「そうか。いい答えだ。しかし一点、守れないところがある」

「それは……？」

「練習は厳しいぞ？　それでもいいなら、体育館に向かおう」

「はい！　お願いします！」

＊

八月十三日。午前三時四十五分。

私立杵憩舞高校天海島校舎西館南体育館。

ウェアに着替え、軽くアップをする。借りたシューズの底を掌で擦る。滑り止め効果を最大にするこの行為はバレー部時代、いつもやっていたルーティン。凍えた体育館を照明が優しく照らす。この先の未来を照らす篝火《かがりび》としては、いまいち何かが足りない。必要なのはただ一つ。本気で未来を変える気があるか、否か。

体育館中央、そこにバレーボール用のカゴが一つ。中にはたくさんのバレーボール。好きなメーカーのやつでちょっと安心。大きさは五号なので中学で使っていた四号よりも大きい。大丈夫だ……なにせ練習で五号ボールを使っていたから。

と、そこへ。教官室から寺坂顧問が出てきた。薄いウインドブレーカーを羽織った姿は、貫禄があって圧倒される。圧倒的存在、顧問とはつまり、こういう存在だ。

「顧問に挨拶！　おねがいしまーすっ！」

バレー部新城が挨拶した後、我が陸上部も続く。みんな、あろうことかウェアに着替えてくれた。その心意気にただ感謝だ。

「よし……いったん集合だ」

「はいっ！　全員集合！」

「**はいっ！**」

寺坂顧問の合図で横一列に並ぶ。全員の顔を一瞥してから顧問が口を開く。

「これよりいのかみ君の特別指導を行う。他はボール拾い、あとは声でも出して盛り上げろ。いいな？」

「**はいっ！**」

「いのかみ、準備はいいな？」

「はいっ！　よろしくお願いします！」

「よし。じゃあ早速始める」

そして、特別指導が幕を開けた。

寺坂顧問はゆっくりとカゴに近づく。

「さあーー、元気出していきましょうーっ！」

「**はーーーーーいっ！**」

バレー部陸上部連合軍の声援のでかいこと！　これは何だかエライことになりそうだ。しばし心を無にして目の前の練習に集中しよう。

「よし、構えろ！」

「はいっ！」

「……いのかみっっっ！」

「はい……！」

「姿勢が高い！　そんなんで前のボールどうやって上げる気だ？　こういうの」

ボールが一つ前に上がり、落ちる。

「はい……！　（姿勢を低く！）」

「ばかたれ！　拾えよ！　目の前でボールが落ちるのを見ているバカがどこにいる！」

「はいっ！」

「よし……いくぞ！」

「**上げろっ！**」

ストレート。これは軌道が読める。

ボールは綺麗に放物線を描く。よし、カンは鈍っていないようだ。

「おおい！　上がったら何か言えよ！　わかんねぇえだろうが！」

「あ、はい！　上がったぁ！（しまった！　忘れてた！）」

「声が小さい！」

「部長！　ファイ！」「おいおいまだ始まったばかりだぜぇ！」「いのかみぃぃ！　負けんな！」

ストレート！　「**上げろっ！**」レシーブ！　「上がった！」高め！　「**上げろっ！**」オーバーハンドで処理！　「上がった！」ストレート無回転！　「**上げろっ！**」膝をついて処理！　「あがった！」前のフェイント！　「**フェイントー！**」すかさずフライングレシーブ！　「あが、……ったあ！」次にステージに向かっての大きなフライ！　え？　フライ？

「だから！　つったってんじゃねえよ！　飛び込めよお！」

「はああい！」

走る。とっくにボールは落ちているが、フライングレシーブをして誠意を見せる。中学時代がフラッシュバック。汗で濡れたウェアで飛び込む……別名ぞうきんがけ。

「**いーのかみ！**」「**いーのかみ！**」「**いーのかみ！**」「**いーのかみ！**」「**いーのかみ！**」視界の端でボールをひたすら拾う誰か。彼ら彼女らも頑張っている。俺のせいで……。

「おらおらおら！　前にボールが落ちるぞお！」

顧問の目の前にボールが放たれる。

うおおおおおおおおおおおおおおお！　フライング！

「あ、がっ」

「上がってねえよ！　嘘つくな！」

背中にボールが当てられる。圧倒的理不尽の塊。「さあさあ！　元気だしてーいきましょう！　そーれ！」「**いーのかみ！**」「**ファイ！**」「**いーのかみ！**」「**元気な声が聞きたいなあ！**」

「はーーい！」

立ち上がり、構える。飛んでくるスパイク。それはこの先出会うであろう困難。それを受け止めるレシーブ能力が俺にはある筈だ。

「**上げろっ！**」「上がった！」

フェイント。敵は一直線とは限らない。あの手、この手で俺を苦しめる。それがなんだ……かかってきやがれ！　俺には夢がある！　しかし！

「あ、がっ」

あと指一本分、届かない。どんなに近かろうがそれは届かないのと一緒。結果が全て。

「いいのか！　これでいいのか!?」

「いいえ！」

「お前の夢は、このボールみたいに簡単に落ちちまうものなのか!?」

「いいえっ!!」

「なら落とすな！　最後まであきらめるな！」

放たれるボール。それが残像のように無数に見える。どれが本物で、どれが偽物だ？　どのボールを俺は追うべきなのか？　それはまるで、千の分かれ道。やり直しがきかない人生の岐路。俺はこの先、何回選択を強いられるのか!?

「おい！　脚が止まっているぞ！」

いつの間にか、脚が重くなっている。動くことを拒む。そうして片膝をついた状態で、一直線のボールが迫る！

「……上がったぁ！」

その軌道を読み、レシーブ！　ボールは高々と寺坂顧問の頭上へ。そして放たれたのは、前へ落ちるドライブボール。前へ飛び込んでレシーブをすれば十分なのに……。

バシッ――と。ボールは勢いよくワンバウンドして、頭に当たった。その衝撃で尻餅をつく。

脚が小刻みに痙攣をしていた。

「よしっ、終了」

そこで、顧問が試合終了を告げた。

「片付けして、少し休憩。ダンスの用意」

「**ボールバックー!!**」

「**はいっ!**」

顧問はそれだけ指示して、教官室に引っ込んでいった。最後のボール。数回、小さくバウンドして止まった。俺はこのボールのことを一生忘れないと誓った。大人になって、このボールを上げにまたバレーボールを始めるんだ。必ず。

＊

少し休んだら、脚の痙攣は収まった。いきなり久しぶりの動きをハードに行ったから筋肉がびっくりしたのかもしれない。もう少しやっていたら、安静を余儀なくされていたに違いない。寺坂顧問はそこまで見越して、ダンスの余力を残してくれたのかもしれない。

「うわー、ついにだね！　緊張するなあ」

辻さんはそう言いつつも、何だか楽しそうで。佐々木さん、上巣さんとともに制服姿で動きの確認をしている。男子陣も全員制服。男女ともブレザーは脱いでワイシャツのみ。

「やっぱり青春と言ったら、制服だよなあ」

深川はそう言って動きの度にひらりと舞う女子陣のスカートをエロそうな目で……。

「先輩」と岡本。「動きづらいですよこれじゃあ」

「岡本。お前はジャージで踊る女子が見たいのか？」

「僕は……別にどちらでも」

「ダメだよ岡本。未来の伊野神先生が言ってたのをもう忘れたのか？　『恋愛をしろ。異性に興味を持て。抱け。キスをしろ』って言ってたろ？」

「やめい深川！　未来のキズ口を広げるな！　何気に恥ずかしい……しかもそんなこと言ってないし！」

全く……未来の俺め。俺はお前みたいにはならないからな！

「そういえば」と俺。「バレー部はソロパート誰がやるんだ？　新城か？」

「いや、朝倉だ」

「え、まじで!?」

「いや……うーん、やっぱやめない？　僕、自信ないよ」

よりにもよってこいつとは。まあ新城もそういうタイプじゃないし。

「大丈夫だって！　ファイトー朝倉くん！」

「うーん……」

これはこれで楽しみだな。俺だって人の事言えたもんじゃないけど。

とりあえずやってみよう。

平田先輩に笑われるようなことは断じて避けなければ！

「よーし、準備はいいか？」

と、そこへ。寺坂顧問がやってきた。手には栄養ドリンク。さすがに徹夜はきついみたいだ。

それでも声を張り上げる。

「これより！　バレー部陸上部選抜メンバーによるダンスの合同予行練習を行う！　チャンスは一度きり！　心してかかるように」

「**はいっ！**」

「いいダンスを期待している。お前らの青春を見せてやれ！」

そして。

体育館中央に移動し、配置につく制服姿の俺たち計八名。

青春のダンスが今、静かに開演する。

曲は【命の奔流】。

静かなイントロ。優しいピアノが奏でる静謐《せいひつ》なメロディ。

**【命の流れ　未来への一歩】**

全員、手をつなぎ円になる。静かに手を挙げ、ゆっくり下げる。これからの動きのために呼吸を合わせる。調和こそ、青春の煌めき。

「………」

寺坂顧問と目が合う。唇をぎゅっと強く結び、つーっと涙が一筋……頬を伝って。

バアンッ――。その咆哮は突然だった。

寺坂顧問が前方によろめき、力なく倒れた。後頭部から命の滴が流れ出す。ヒトからモノへ成り果てた寺坂顧問。厳しさの中に優しさがあった顧問。バレーを教えてくれた第二の恩師。その死はあまりにも突然で。まだお礼の言葉も言っていないのに……。

**【向かう先は　灯火《ともしび》のもとか】**

ああ、なんて……そんな。澄んだ歌声がまるでその死を美化するように響く。

曲はそのまま進む。緊急事態だ……これはダンスなんてやっている場合じゃあ！

（伊野神）と小声で言ったのは深川。その声は全員の耳へ。（止まるな。やろう。このまま）

（で、でも……寺坂顧問が！）

（最期に！）と深川。（夢、くらい……見させてくれよ？）

（みんなと一緒なら、怖くないよ）と辻さん。（青春の炎はこんなんじゃ消えないよ！）

（僕）と朝倉。（みんなと部活ができて少し変われたと思う。ありがとう）

（よせよ朝倉）と新城。（それはソロパートをばしっと決めた後のセリフだ）

（伊野神センパイ）と佐々木さん。（私たちの事、一生覚えていて下さいね？）

（私も）と上巣さん。（覚悟、できてる。楽しかった。あと、ごめんね）

（砲丸以外の）と岡本。（楽しみを見つけた気がします。解り合える仲間っていいですね）

**【流れつく先　膨む期待は罪なのか】**

みんなの意志。互いの手を伝って流れる命の温もり。

横たわる死体。燃えるほどの温もりはそこにはなくて。氷のような凍てつさ。それすら溶かす青春の炎が高く燃え上がる。凍えた命に届くように――。

そう、今、この瞬間において俺たちは一つになれたんだ。欠けた命も絶えず俺たちを包んでいる。部活を通して過ごした時間。青春の宝物。

バアンッ――。

**【ライフ・ストリーム　迸《ほとばし》る思い出よ】**

サビに入った瞬間、その咆哮は上巣さんに牙を向いた。彼女の表情が彫刻のように硬直し、乱れた髪に命の滴が散る。

林さんへの殺意は彼に対する愛情の裏返し。その愛もろとも、彼女の時間はこの時をもって止まった。それが死という絶対的で、逃れることができないもの。

けれど！　だから俺たちはこの瞬間を必死こいて生きるんだ！　未来のために！　演技は止まらない。青春は止まらない！　亡骸をそのままに演技は横一列へ。

「ふふ、素晴らしい。これがあなたのやりたかったことか！」

侵入者、尾形正夫は体育館入り口で拳銃を構えながら喚く。

「わかっていますとも、私はあなたに創られた登場人物の一人に過ぎない。あなたの意志を知る刺客という立場でこの物語に干渉していた。

ただね、どうしても言いたいことがあります。あなたは私についてどこまで知っていますか？　私にとってあなたは神様だ、何でも知っている筈ですよね？　……どうしました？　答えて下さいよ……答えろっ！」

**【どうか水面《みなも》を乱さないで】**　バアンッ——。

「今、少し太った坊主の彼を殺しました。彼についてあなたはどこまで知っている？　出身は？　趣味は？　口癖は？　学力は？　両親については？　……知らないでしょう？　そう、それがあなたの実力です。あなたの能力なんてその程度です。幼稚な推理劇を読まされて読者も呆れていますよ。そんな腕で小説を書く？　バカじゃないですか？　しかも自費出版する？　そんなことにカネと時間を使うのなら、もっと仕事に打ち込んだらどうですか？　夢を見る歳じゃあないのですからね」

大丈夫、未来の俺はこんなことでへこたれない。

この世界が何よりの証拠。自らの意志でやると決めたことに他ならない。信じているぞ、未来の俺！

**【永劫の苦痛　この身を焼こうとも】**

サビが終わり、次なる詩が紡がれる。

横二列、少し距離をあけ向かい合う。こちらには左から深川、佐々木さん、俺。背中は入り口に向けている。向かい側、俺から見て左から新城、辻さん、朝倉。ここは合唱。澄んだ歌声。

バアンッ――。乾いた銃声。ばたりと倒れ、命の滴を広げたのは深川。

曲がったことが大嫌いな深川。ストイックな性格は焦りのせい。誰よりも速くあることを夢見た深川。天空の主のもとにも一番乗りで到着するに違いない。『あれ先輩！　遅いっすね。また鬼メニューいっちゃいますか？』『いや、いかんわ！　少しは休んだらどうだ？　おれもお前もさ――』『いや、それは無理っす。だって……走るの大好きですから』――駆け抜けた青春の炎は絶やさない。絶対に！

「止まりなさい。何が青春だ……止まれ、止まれ止まれ止まれ止まれぇ！」

**【命の大切さ　教えてくれた君へ】**

列の中心の佐々木さん、辻さんが一歩前に出る。

新城、朝倉、俺はしゃがんで主君に忠誠を誓う騎士のように頭を下げる。彼女らは開いた掌を天に向かって掲げる。天空の主と握手を交わすように。

バアンッ――。

燃える命。生きているとは、それだけで命を削っているということ。

**【澄んだ水面　あなたを映す鏡になりたい】**

時にそれは根こそぎ奪われることがある。佐々木さんがばたりと倒れて動かなくなった。澄んだ瞳に最後の命の温もりが宿り、間もなく消えて虚ろになった。

小さな体にありったけの優しさを込めて向かってきたあの推理合戦。生きるとは死ぬリスクを常に背負っているということ。それにしても！　こんなにあっさりと散っていい命があってたまるか！！

「はははははははは！　手塩に込めたキャラクターが殺されるのはどういう気分だ？　悲しい？　悔しい？　そう思うほどお前はこの子たちの何を知っている！？

お前以外で、誰が理解できるというのだ！　私だってそうだ！　誰が……誰が私のことを理解している？　誰がこの孤独をわかってくれるのだ！　一方的に黒幕に仕立て上げられ、都合よく生かされ、過去も未来もない私の苦悩を思い知れ！　この小説の真犯人はお前だ伊野神けい！！」

静から動へ。

四人で円を描くように舞う。前に朝倉、辻さん、俺の背中を新城が追う。

円の中心に上巣さん、岡本、深川、佐々木さんの亡骸。

それは弔いの舞。

その思いは寺坂顧問、それに別室で横たわる林さん、東村、平田先輩、国枝さん、堂場顧問のもとにも……。

刹那の命を散らし、未来を照らす光となれ――。

**【ライフ・ストリーム　迸る思い出よ】**

バアンッ――。それが一つの舞のように、意外にも美しく倒れたのは新城。

嫉妬と重圧の中もがき苦しんだ新城。オールバックはささやかな抵抗か。ねじ曲がった自意識が少し正され、未来を夢見た瞳はしかし、もう、永遠に高々と上がるバレーボールを見ることが出来ない。ああ、なんという理不尽！　それでも、止まることが許されない青春の残酷さよ!!

だから俺はあなたが大嫌いだ!!

**【どうか水面を乱さないで】**

円は少し大きくなる。

散っていったみんなから流れ出る命の滴が燃えるように赤くて。

「まだ続けるおつもりで？　いいのですか？　その時が近づいてきましたよ？」

バアンッ――。前を行く朝倉が不自然な動きをしながら円を離れ、膝をつき倒れる。

一緒に語り合ったロックミュージックのこと。中二病とか揶揄《やゆ》される中、本当に好きで聴いているこいつとだけ馬が合った。これからも聴き続けるよ。そして良いのあったら教えるよ。お前に聴いてもらえないのが残念だけどなあ……。

……このダンスは一生忘れない。この青春は二度と来ない。咲き乱れる花の如く儚い。しかしいつだって始めることは出来るじゃないか。やろうと思った時がスタート地点だ。

**【この命　あなたに捧げる】**

**【無数の星々　涙が水面を揺らしても】**

それを未来の俺が証明してくれた。俺さ、十年後この小説を書くよ……。そしてそのずっと先にいる自分に向けてメッセージを送るんだ。

まだ見ぬ自分……延長線上のまだ見ぬ君に向けて――。

**【ライフ・ストリーム　迸る思い出よ】**

そして訪れるフィナーレ。最後のサビ、一回目。

ここは我が陸上部のソロパート。俺は円の中心に歩を進める。辻さんが息を合わせるように優しく歩み寄る。周囲にはみんなの亡骸。彼女の制服は命の滴だらけ。その中心で向かい合う。

（怖い？）

（ううん、ちっとも。みんなが守ってくれたから）

（砂場の均し、上手かった）

（ああ……あれ？　それはどうも。部長）

（え……ってことは我が陸上部に転部するの？）

（いや、しないよ。伊野神くんはバレー部でもあり、陸上部でもあると思うの。だから部長）

（そっか。おかげでバレーと向き合えたよ。ありがとう）

（そんな……お礼をいうのはこっちだよ。だから、最後のお願い聞いてくれる？）

（うん）

（書き続けて。伊野神くんにならできる。応援しているから――）
・・・・
バアンッ――。

真横に倒れる辻さん。頬に手をやると、彼女の命の滴がべったりと。

びちゃりという生々しい音。

横たわる亡骸。


**【どうか水面を乱さないで】**

虚ろな瞳はまっすぐ天井を見つめている。いや見ていない。何も見ていないんだ。そっと瞳を閉じてあげる。こんなにも温かいのに、死んでいる。死と生の境界なんてこのくらい身近にあるんだ。俺が生きているのは奇跡じゃないか。みんな……ありがとう。そしてごめん。文句は考えといてくれ。もうすぐそっちへ行くから。
・・・・・・・・
これで俺以外の青春が散った。

でもまだ俺がいる！

青春はまだ終わっていない！

**【ライフ・ストリーム　迸る思い出よ】**
**【どうか水面を乱さないで】**

フィナーレ。二回目のサビ。ここはバレー部のソロパート。みんなからのバトンをもらって最後のスパートをかける。大丈夫……みんながついている。

「先生……これが最後の警告です。今すぐこれを止めなさい。さもなくば、あなたが一番手塩に込めたあなたの分身を殺します」

舞い踊る中でしかと見た、こちらに向けられた銃口。それは確実に死をもたらす漆黒の塊。

それでもいいと思っている。過去と決別するために未来の俺がこの小説を書いたのならば、俺は黒歴史そのもの。それを消し去りたいと願っても不思議じゃない。未来の俺は、過去の俺を殺すことでこの小説を終わらせる気なのかもしれない。

「撃てよ？」

曲がフェードアウトしていく中、覚悟を決める。青春のダンスが終わった今、何を悔やむことがあろうか！　かかってこいクソ野郎！　お前なんかに俺たちの青春は穢《けが》せない！

「……お望みならば容易いことっ――!!」

バアンッ――。目を閉じた闇の中、見えない銃弾に恐怖する。そしてそんな音がして俺の人生が終わると思いきや。

「うぐっ――!?」

目を開けると衝撃的な光景が。突然、胸を押さえて苦しみだす尾形さん。その手から拳銃がこぼれて床に落ちる。

「ぐっ……うぅぅ、胸が！　く、はあ……く、く、くくくくくく――!!」

苦しみの中、聞こえる不気味な笑い声。

「くくく、かかったな伊野神けい！　お前は犯してはならない禁忌を犯した！　自らの分身を守るために……あろうことか《作者》という立場から、直接、私という人間を……亡き者にするためっ！　手を下したっ――!!　これは！　あるまじき行為！　こんな小説があってたまるか！　恥を知れっ！　ははは、あっははははははは――」

そして。散々未来の俺を罵倒した尾形さんは、苦悶《くもん》の表情で散っていった。

青春のダンス。これにて閉演。

アンコールは勘弁してくれ。

こんなこともう二度とやりたくないから。

むせ返る命の滴のかおり。現実が冷たく横たわる体育館。ここは青春の墓場だ。

「みなまで言うな。わかっているから」

# 51　延長線上のまだ見ぬ君へ

俺は独り、一‐二教室にいる。時刻は午前五時過ぎ。黒い雲はすっかり白い雲に代わり、朝日が天海島を心地よく照らしている。みんなとの青春が詰まった制服を脱ぐのは躊躇《ためら》われたので、着たままだ。少しにおうけど我慢。これはみんなが必死で生きた証だから。

今、俺は紙飛行機を折っている。小学生の時、よく折ってはクラスメイトとどっちが遠くまで飛ばせるか競い合ったものだ。何故折ろうと思ったのかというと、何となく、未来へのメッセージを届けてくれる気がするから。

「よしっ！　できたぞ！」

完成した紙飛行機を見る。やや複雑なやつもあるけど、シンプルな折り方にした。

それを持って、天海島校舎を後にする。初日に通った道はぬかるんでいて何度も足をとられた。制服を泥だらけにしながら、何とか岸壁に辿り着いた。

「すーはー」

海から心地よい風が吹いてくる。今飛ばせばたちまち墜落だ。タイミングが重要。

この風や香り、海鳥の鳴き声、波の音……全てが虚構だとしても。

俺は今、確かに生きている。この先もそれは変わらない。そうだよな？

「……いっけえぇぇぇ！」

手を離れた紙飛行機は、風に乗りぐんぐん高度を上げていく。未来へ向けてのフライトは様々な困難もあるだろうけど、何とか順調に進みそうだ。

間もなくして。

はるか遠くの船から、トランペットの音色みたいな警笛が聞こえた。

延長線上のまだ見ぬ君へ――。

君は今、どんな夢をもっていますか？

完

十年後のみんなへ

こんな文章を書くのは緊張しますね。

稚拙なところもあるかと思いますが、どうかご容赦下さい。

あれから十年になります。

みんなと過ごした思い出は、今でも私の中で眩いほどの光を発しています。陸上部で走り込みをしたこと、大嫌いだった筋力トレーニング、全てが昨日のことのように感じます。

合宿ではみんなで夜通し語り合い、顧問に怒られたりしましたね。練習はきつくて途中で辞めたいと思ったこともたくさんあったけど、最後まで続けられたのはみんながいたからです。

本当にたくさんのことを学びました。途中で辞めてしまっていたら今の私はどこかにしこりが残った人生を歩んでいたことでしょう。たくさんの思い出が脳裏をよぎっては懐かしさのあまり卒業アルバムを捲って寄せ書きを読んで毎回泣いちゃいます（笑）。

中でも強く印象に残っているのは天海島校舎でダンスの練習をしたことです。慣れない動きに戸惑い、そんな私をあざ笑うかのように黒い雲から大粒の雨が降ってきたことを、鮮烈に記憶しています。

その天候のせいで、リフレッシュをかねて計画していた天海高原へのハイキングが中止になったのは残念でしたね。

それでもホムフェスで最高の演技ができたのは私の今までの人生で最高の瞬間でした。

その時は全員未成年だからファミレスで食事程度しか出来ませんでしたが、今ではみんな成人です。お酒は好きですか？　私は結構好きで、よく飲みます（のんべえじゃないよ！）。

なので、久しぶりにみんなで会いませんか？

つきましては、十年という時を経て当時の打ち上げ（完全版）を企画したいと思います。日程等は後程決めたいと思うので、私まで連絡してください。あ、バレー部は瑠香がまとめてくれています。こっちは私が担当します（キリッ）！

それでは連絡待っています。お忙しいとは思いますがよろしくです。

追伸

さつきー女の子おめでとー!!　名前楽しみにしているよ。
深川クン、副業のホストは順調かな？
岡本クン、テレビ見たよ！　すごいじゃん！
平田先輩、うーん、特にないです（笑）
伊野神クン、本出版したんだって？　おめでとー!!　はやく読みたいな。

旅の終わりに　あとがき「ヒトのためになる嘘」

小説には様々なジャンルがあります。

異世界を冒険するファンタジー、圧倒的な世界観のＳＦ、淡い恋心を描く恋愛、緻密なトリックを駆使したミステリーなどなど。それらは常に人類の歴史に寄り添うように進化し続け、現在では枠組みに囚われない独創的なものが次々と読者を唸らせています。

それらに共通していることがあります。

全て真っ赤な『嘘』だということです。

主人公がどんなに叫んだところでその声は聞こえず、燃えるような恋心は作者による偽物で、登場人物はそんなこと露知らず物語の中で苦悩し、やがては散っていきます。

小説とはそういうもので、それを読者という神様の視点で眺めることが楽しく、面白く、その流れの中で『もっと面白くするにはどうするか』が突き詰められ、小説はエンターテインメントとして確固たる地位を築いたと私は考えています。

そんな嘘に耳を傾ける必要はないと考えるのは不思議ではありません。この現実を生きる私たちには関係のないことで、それならば実用書を読んで部屋の掃除を効率的に行った方がよほどためになる——小説は所詮、嘘の塊なのだから。

私はそれに反旗を翻します。

では、今まで小説を読むのに費やした時間は意味がなかったということですか？　そんなことありません。私は小説を読んで人生で大切なものを学びました。嘘を通して教えてもらったことがあります。

小説はヒトのためになります。嘘の中に人生を生きるヒントがあると思います。

では、ヒトのためになる小説……ヒトのためになる嘘とは如何なる嘘なのか？

その答えを追い求めた結果、この嘘が完成しました。

『ヒトの夢を後押しできるものこそ、真にヒトのためになる嘘だ』

これを書き上げ、見直しをしている最中流れてきた音楽に私の夢は後押しされました。この嘘が読者一人一人の夢を後押しできれば一人のヒトとして冥利に尽きます。

ここまでページを捲って下さった読者の方々、出版にあたり協力して頂いた出版社ならびに関係者の方々に厚く御礼を申し上げます。ありがとうございました。

末筆ではございますが、皆様のご多幸を陰ながらお祈り申し上げることをもちまして、この旅の終着駅とさせて頂きます。延長線上のまだ見ぬ皆様が素敵な人生を歩まれることを――。

この出会いに感謝。また会う日まで。

井上恵一

井上恵一（いのうえ　けいいち）
1990年、神奈川県生まれ。日本大学生物資源科学部応用生物科学科卒。2016年、右肺気胸による三度の入退院経験から自費出版を志す。趣味は音楽鑑賞（特にロック）、テレビゲームなど。インドア派。

延長線上のまだ見ぬ君へ
2018年5月20日　初版第一刷発行
著者　　　井上 恵一
発行所　　ブイツーソリューション
〒466-0848 名古屋市昭和区長戸町 4-40
電話　　052-799-7391
ＦＡＸ　052-799-7984
発売元　　星雲社
〒112-0005 東京都文京区水道 1-3-30
電話　　03-3868-3275
ＦＡＸ　03-3868-6588
印刷所　　藤原印刷
万一、落丁乱丁のある場合は送料当社負担でお取替えいたします。
小社宛にお送りください。
定価はカバーに表示してあります。
 ISBN 978-4-434-24422-3